Bianca

Lynne Graham

Los hijos secretos del jeque

Editado por Harlequin Ibérica.
Una división de HarperCollins Ibérica, S.A.
Núñez de Balboa, 56
28001 Madrid

© 2015 Lynne Graham
© 2015 Harlequin Ibérica, una división de HarperCollins Ibérica, S.A.
Los hijos secretos del jeque, n.º 2411 - 9.9.15
Título original: The Sheikh's Secret Babies
Publicada originalmente por Mills & Boon®, Ltd., Londres.

I.S.B.N.: 978-84-687-6236-4
Depósito legal: M-19542-2015
Impresión en CPI (Barcelona)
Fecha impresion para Argentina: 7.3.16
Distribuidor exclusivo para España: LOGISTA
Distribuidor para México: CODIPLYRSA
Distribuidores para Argentina: Interior, DGP, S.A. Alvarado 2118.
Cap. Fed./Buenos Aires y Gran Buenos Aires, VACCARO HNOS.

Capítulo 1

EL REY Jaul, quien recientemente había accedido al trono de Marwan tras la muerte de su padre, Lut, miró el patio rodeado de palmeras tras la ventana de su despacho. Una preciosa morena, Zaliha, jugaba a la pelota con sus sobrinos. Educada, elegante y encantadora, además de pertenecer a una buena familia, Zaliha sería una reina fabulosa. Entonces, ¿por qué no había sacado el tema aún?, se preguntó a sí mismo.

Marwan era un país del Golfo Pérsico, pequeño, pero rico en petróleo y muy conservador. Nadie esperaba que un rey soltero siguiera siéndolo durante mucho tiempo y no era ningún secreto que los miembros del gobierno estaban deseando que encontrase una esposa. Una dinastía real no estaba segura hasta que existía un heredero y Jaul era hijo único de un hombre que también lo había sido.

En los periódicos especulaban constantemente sobre el asunto. No podía ser visto charlando con una mujer joven sin despertar rumores.

Jaul apretó su boca de labios sensuales, embargado por los incómodos recuerdos del joven salvaje y ardiente que había sido una vez. Si era sincero consigo mismo, conocía la razón de su indecisión. Y sabía que, por hermosa que fuese Zaliha, no había ninguna atracción entre ellos. Pero ¿no debería ser eso lo que buscase? ¿Un matrimonio diferente a la fiera atracción que una vez había provocado el desastre?

Un golpecito en la puerta anunció la llegada de Bandar, el consejero legal más antiguo de la familia real.

—Mis disculpas por llegar temprano —el hombre, calvo y de baja estatura, hizo una solemne reverencia.

Jaul lo invitó a sentarse y se apoyó en el escritorio, a la espera de una larga discusión sobre alguna oscura ley constitucional que fascinaría a Bandar mucho más que a él.

—Este es un asunto muy delicado —empezó a decir el hombre, incómodo—. Pero es mi deber hablarle del tema.

Preguntándose a qué diantres se refería, Jaul frunció el ceño.

—No hay nada que no podamos discutir...

—Sin embargo, este es un tema del que hablé por primera vez hace dieciocho meses con mi predecesor, Yusuf, y él me pidió que no volviese a mencionarlo por temor a que usted se sintiera ofendido —dijo Bandar, inquieto—. Si ese fuera el caso, por favor, acepte mis disculpas por adelantado.

Yusuf había sido el consejero de su padre y se había retirado tras su muerte, dejando que Bandar ocupase su puesto.

Jaul frunció sus oscuras cejas con una mezcla de curiosidad y aburrimiento mientras se preguntaba qué oscuro secreto de su padre estaba a punto de descubrir. ¿Qué otra cosa podía inquietar tanto a Bandar?

—Yo no me ofendo fácilmente y su obligación es protegerme en todo lo referente a asuntos legales —respondió—. Naturalmente, respeto esa responsabilidad.

—Muy bien —murmuró Bandar—. Hace dos años, se

casó usted con una joven inglesa y, aunque ese es un hecho conocido por muy poca gente, ha llegado el momento de afrontar esa situación de manera apropiada.

Hacía falta mucho para silenciar a Jaul, cuya naturaleza testaruda y apasionada era bien conocida en los círculos de palacio, pero esa frase lo dejó helado.

—Pero, en realidad, no hubo tal matrimonio –replicó–. Me dijeron que la ceremonia había sido ilegal porque no había obtenido el permiso de mi padre.

—Me temo que su padre se dejó engañar en ese aspecto. Él deseaba que el matrimonio fuese ilegal y Yusuf no tuvo valor para decirle la verdad.

Jaul había perdido el color en la cara, sus ojos, enmarcados por largas pestañas negras, expresaron su sorpresa ante tal revelación.

—Entonces, ¿el matrimonio es legal? –preguntó, incrédulo.

—No hay nada en nuestra Constitución que prohíba a un príncipe coronado contraer matrimonio con la mujer que desee. Entonces tenía usted veintiséis años, era muy joven, pero ese matrimonio fue y sigue siendo legal porque no ha hecho nada para romperlo.

Los anchos hombros de repente se pusieron rígidos bajo la larga túnica de color crema, Jaul frunció el ceño, intentando calcular las enormes consecuencias de tal descubrimiento. Seguía siendo un hombre casado y, como solo había vivido con su esposa durante unas semanas antes de separarse de ella, lo que Bandar estaba diciendo lo dejaba estupefacto.

—No hice nada para solucionar la situación porque se me dijo que el matrimonio era ilegal y, por lo tanto, nulo.

—Desgraciadamente, no es el caso –Bandar suspiró–.

Para liberarse de ese matrimonio debe divorciarse bajo la ley británica y las leyes de Marwan.

Jaul se dirigió a la ventana tras la que Zaliha seguía entreteniendo a sus sobrinos, pero ya no se fijaba en ella.

–No sabía nada. Debería haber sido informado hace meses...

–Como he dicho, Yusuf era mi superior y no me permitía sacar el tema...

–Han pasado tres meses desde la muerte de mi padre –lo interrumpió Jaul.

–Tenía que comprobar todos los datos antes de hablar con usted y he descubierto que, a pesar de la separación, su esposa tampoco ha pedido el divorcio...

Jaul se quedó inmóvil y sus hermosas facciones se tensaron.

–Por favor, no se refiera a ella como mi esposa –murmuró.

–¿Debo referirme a la señora en cuestión como la reina? –sugirió Bandar, con muy poco tacto–. Porque, lo sepa Chrissie Whitaker o no, lo es. La mujer del rey de Marwan siempre tiene el estatus de reina.

Jaul apretó los puños, intentando contener su ira. Dos años antes había cometido un grave error, que había vuelto para perseguirlo de la peor manera posible y en el peor de los momentos. Se había casado con una buscavidas que lo había abandonado a la primera oportunidad a cambio de dinero.

–Naturalmente, respeto que su padre no aprobase a la joven entonces, pero tal vez ahora...

–No, mi padre tenía razón. Ella no era mi mujer ni mi reina –reconoció Jaul, un ligero rubor destacó los espectaculares pómulos mientras admitía algo que hería su amor propio–. Yo era un hijo rebelde, Bandar, pero aprendí la lección.

–Las lecciones de la juventud a menudo son duras –comentó el hombre, aliviado al ver que el joven rey no era como su padre, que se enfurecía cuando alguien le decía algo que no quería escuchar.

Jaul apenas prestaba atención al consejero. De hecho, estaba siendo bombardeado por inquietantes recuerdos que escapaban del rincón de su cerebro donde los había guardado. Podía ver a Chrissie alejándose de él, con la brisa moviendo su glorioso pelo rubio platino y sus largas y torneadas piernas tan gráciles como las de una gacela.

Pero era inalcanzable, recordó con frío cinismo. Desde el principio, Chrissie se había hecho la dura, en un inteligente y astuto juego de seducción. De sangre caliente y nada acostumbrado a que una mujer lo rechazase, su indiferencia había sido un reto. Había tardado dos años en conseguirla y solo se rindió cuando le entregó un anillo de compromiso.

Lógicamente, durante ese largo período de celibato y frustración, Chrissie Whitaker se había convertido en una obsesión para él.

El escarmiento por esa debilidad tardó poco en llegar. Habían tenido una pelea cuando volvió a Marwan sin ella y no había vuelto a verla desde ese día. En ese momento, y tal vez afortunadamente para él, el destino había intervenido para liberarlo de esa obsesión. Después de un grave accidente, Jaul se había despertado en una cama de hospital, con su padre sentado a su lado con una expresión cargada de dolor.

Antes de darle la mala noticia, el rey Lut había apretado su mano en un torpe gesto de consuelo. Chrissie, le había dicho su padre, no iría a visitarlo al hospital. Su matrimonio era ilegal y ella había aceptado dinero para olvidar que Jaul había formado parte de su vida alguna vez. Había comprado su silencio y discreción con una gran suma de dinero que, evidentemente, le compensaba por la pérdida de un marido y aseguraba su futuro.

Durante un segundo, Jaul recordó una de las más absurdas fantasías que había tenido mientras yacía en la cama del hospital. Sabiendo de su inmunidad diplomática en Gran Bretaña, había soñado con secuestrar a Chrissie.

Jaul sacudió su orgullosa cabeza, asombrado de los trucos que le había jugado la mente mientras intentaba aceptar que, no solo su mujer no era su mujer, sino que había recibido una generosa compensación económica porque ya no quería serlo. Chrissie estaba encantada de dejar al príncipe árabe una vez que había conseguido hacerse rica gracias a él. Solo la furia, la amargura y el deseo de venganza lo habían empujado a recuperarse y salir del hospital.

–Necesito saber cómo quiere que lleve este asunto –dijo Bandar, devolviéndolo al presente–. Con la ayuda de nuestro embajador en Londres he contratado los servicios de un conocido bufete para que redacten los documentos del divorcio y me han asegurado que, después de tan larga separación, será una mera formalidad. ¿Puedo pedirles que se pongan en contacto con Chrissie Whitaker de inmediato?

–No... –Jaul se dio la vuelta, con sus bronceadas facciones tensas y airadas–. Si ella no sabe que seguimos siendo marido y mujer no quiero que sea un extraño quien le dé esa información. Es responsabilidad mía.

Bandar frunció el ceño, sorprendido.

–Pero, señor...

–Le debo eso al menos. Después de todo, fue mi

padre quien la engañó sobre la legalidad de nuestro matrimonio. Chrissie tiene mucho carácter y creo que hablar con ella personalmente será la mejor manera de solucionar este asunto rápidamente. Yo mismo le entregaré los documentos del divorcio.

–Entiendo –dijo Bandar–. Un encuentro diplomático y discreto.

–Como usted mismo ha dicho –asintió Jaul, maravillándose ante el estremecimiento de emoción que experimentó al pensar en Chrissie. Un estremecimiento nada diplomático o discreto, pero ninguna mujer lo había excitado como ella ni antes ni después. Por supuesto, sabiendo lo mercenaria y testaruda que era, esa atracción estaría ausente, se dijo, convencido. Él era un hombre inteligente y ya no estaba a merced de sus hormonas.

Había controlado esa parte de su naturaleza en cuanto entendió cómo podía traicionarlo su libido. Había aprendido una lección con Chrissie, una lección que nunca olvidaría: jamás volvería a entregarle el corazón a una mujer.

Su sensual boca se curvó en un gesto de desdén al pensar que, para conseguir el divorcio, tendría que tratar con Chrissie Whitaker de manera civilizada. No había nada ni remotamente civilizado en lo que Chrissie lo hacía sentir... siempre había sido así.

Cargada de regalos y tarjetas, Chrissie salió por la puerta principal del colegio en el que era profesora de educación primaria y se dirigió a su coche.

–Espera, deja que te eche una mano –un hombre alto y atlético de pelo castaño llegó a su lado y le quitó algunos regalos de los brazos para que pudiese abrir el coche–. Madre mía, veo que eres muy popular entre tus alumnos.

–¿Tú no has recibido un montón de cosas? –le preguntó Chrissie.

Danny también era profesor del colegio y estaba a cargo de la sección de actividades.

–Botellas de vino y colonias de diseño –respondió él, burlón, abriendo el maletero del coche–. Trabajando con la clase alta de Londres el último día de colegio es como ganar un concurso.

Chrissie sonrió, el sol iluminaba sus hermosas facciones, sus ojos de color turquesa brillaban.

–Esto de los regalos se les ha ido de las manos –asintió–. Los padres se gastan demasiado dinero.

Danny cerró el maletero y se apoyó en el coche.

–Bueno, ¿qué planes tienes para el verano?

–Iré a casa de mi hermana y seguramente viajaré un poco –respondió ella, incómoda.

–¿La hermana que se casó con el italiano rico?

–Solo tengo una hermana –respondió Chrissie, sacudiendo las llaves con la esperanza de que entendiese la indirecta.

Danny frunció el ceño.

–Solo se vive una vez, Chrissie. ¿Nunca te apetece olvidarte de tu familia y hacer algo atrevido?

Ella hizo una mueca. Dos años antes había hecho algo atrevido y al final resultó ser un desastre. A partir de entonces iba a lo seguro, se portaba de manera sensata y hacía todo lo posible para reparar la relación con su hermana, con quien no se había portado tan bien como debería. Adoraba a Lizzie, que tenía cinco años más que ella, y, cuando todo en su vida se había hundido, la convicción de Lizzie de que ella era la responsable de las malas decisiones de su hermana pe-

queña la había llenado de remordimientos; unos remordimientos que aún no había conseguido quitarse
de encima.

–Lizzie solo quiere verte feliz –le había dicho su
cuñado, Cesare, una vez–. Si confiases en ella y le
contases toda la historia se sentiría mejor.

Pero Chrissie nunca le había contado a nadie toda
la historia del desastre. Había sido una decisión estúpida y miope y por la que aún seguía pagando. Era horrible vivir recordando pasados errores, pero sería peor
si tuviese que contar la verdad a otros y ver cómo su
opinión sobre ella caía en picado.

–Por supuesto, yo estaré en Cornualles –le recordó
Danny, como si ella no lo supiera. Todo el mundo en
el colegio había oído hablar de sus planes de hacer surf.

–Espero que lo pases bien –dijo Chrissie, abriendo
la puerta del coche.

Danny la tomó por la muñeca, mirándola a los ojos.

–Lo pasaría mejor si tú fueras conmigo. Como amigos, nada más. La última oportunidad, Chrissie. ¿Por
qué no vives un poco? Venga, suéltate el pelo.

Intentando disimular su irritación, ella liberó su
mano.

–Como te he dicho, tengo otros planes.

–Algún hombre te ha hecho mucho daño, ¿verdad?
–le preguntó Danny, metiendo las manos en los bol-
sillos del pantalón–. Pero no todos somos iguales. Si
quieres vivir, tienes que arriesgarte un poco.

Respirando profundamente, Chrissie subió al coche
y cerró la puerta. Ella había querido algo completamente diferente a lo que era su vida en aquel momento. Había soñado con ascender en el rango acadé-
mico y conseguir un doctorado, con la libertad que eso
le daría.

Pero la vida, había descubierto Chrissie, tenía la costumbre de apuñalarte por la espalda cuando menos lo esperabas, de forzarte a dar la vuelta cuando estabas a punto de conseguir lo que querías. En aquel momento no estaba en condiciones de hacer nada porque tenía unas responsabilidades que restringían su libertad y su independencia. Y lo más vergonzoso era que no podía vivir sin aprovecharse de la generosidad de su hermana. Sin embargo, todo podría haber sido muy diferente si hubiese tomado las decisiones acertadas...

Mucho antes de conocer a Jaul, Lizzie y Chrissie habían heredado una diminuta isla griega de su difunta madre, y el marido de Lizzie, Cesare, había comprado Lionos por una pequeña fortuna. La venta de la isla había tenido lugar antes de que los mellizos fuesen concebidos, de modo que Chrissie había optado por poner la mayoría de sus acciones en un fideicomiso al que no tendría acceso hasta que cumpliese veinticinco años. En ese momento le pareció la mejor idea porque era una suma enorme y temía haber heredado la costumbre de su madre de gastar a manos llenas. Francesca Whitaker había sido extravagante e irresponsable con el dinero y Chrissie había querido conservarlo para lo que pensaba sería un tiempo más tranquilo y sensato de su vida.

Y allí estaba, con veinticuatro años y sin poder acceder a ese dinero que la haría económicamente independiente. Tenía que compartir la niñera de su hermana, Sally, para que cuidase de sus hijos porque pagar a una niñera con su salario de profesora sustituta habría sido imposible.

Por otro lado, y siguiendo el consejo de Cesare, había tomado una buena decisión cuando compró un apartamento de dos dormitorios antes de guardar el resto del dinero. Además del apartamento había comprado un coche y contribuía en parte al salario de Sally. Por supuesto, según Lizzie, Chrissie le hacía un favor manteniendo a Sally empleada mientras ellos estaban fuera del país.

Cuando su hermana, su cuñado y sus sobrinos iban a Londres en una de sus frecuentes visitas, Chrissie se alojaba en su casa hasta que volvían a irse porque, de ese modo, era más conveniente para todos.

Cargada con las bolsas, Chrissie abrió la puerta de su apartamento, en el primer piso de un edificio de tres plantas, y Sally apareció en la puerta de la cocina con una sonrisa en los labios.

–¿Una taza de té? –sugirió la joven.

–Sí, gracias. ¿Esta noche no sales? –le preguntó Chrissie.

Sally tenía una sana vida social y, en general, en cuanto ella llegaba se iba corriendo a casa de Lizzie para cambiarse de ropa.

–No, esta noche no... mi cuenta está en números rojos –bromeó la joven.

Chrissie dejó las bolsas en el suelo para entrar en el salón, donde dos niños jugaban con bloques de plástico sobre la alfombra. Los dos tenían el pelo negro rizado y unos ojos tan oscuros que parecían negros. Tarif soltó el bloque con el que estaba jugando y empezó a dar gritos de alegría mientras gateaba hacia ella. Soraya, que no era tan enérgica como su hermano, levantó los bracitos.

–Hola, cariños míos –Chrissie sonrió mientras se ponía de rodillas para abrazarlos.

–Ma-mi –dijo Soraya con expresión solemne, poniendo una manita en su cara.

Tarif tiró de su pelo mientras le daba un sonoro

beso en la mejilla y, por un momento, Chrissie olvidó todas las preocupaciones del día. Sus mellizos le habían robado el corazón desde el primer momento. Le había preocupado tanto no saber cuidar de dos niños... pero Lizzie le había enseñado lo más básico.

–Te las arreglarás, todas lo hacemos –le había asegurado su hermana.

Nadie le había advertido que cuando mirase a sus hijos se sentiría abrumada de amor. Mientras estaba embarazada pensaba en ellos como los hijos de Jaul, resentida por la situación en la que él la había dejado. No se sentía preparada para ser madre, pero cuando nacieron los mellizos lo único que le importaba era que estuvieran sanos y felices.

–Los he llevado al parque esta tarde. Tarif ha tenido una pataleta cuando lo saqué del columpio –le contó Sally–. Se enfadó tanto que tuve que meterlo en el cochecito. La verdad es que me sorprendió.

–Cuando está de mal humor puede ser imposible –reconoció Chrissie–. Pero, cuando se enfada, Soraya es igual. Les gusta ponernos a prueba para ver hasta dónde pueden llegar.

«Como su padre», pensó Chrissie. Una imagen de Jaul apareció en su cabeza: el pelo largo, negro, los ojos oscuros, brillantes. Tan ardiente en la cama, ardiente en todos los sentidos, pensó, sintiendo un estremecimiento de prohibido deseo. Pero Jaul también era increíblemente cabezota, impulsivo e imprevisible.

–¿Te encuentras bien? –le preguntó Sally–. Perdona, es que te has puesto pálida de repente.

–Estoy bien –respondió Chrissie, colorada hasta la raíz del pelo mientras entraba en la cocina para hacer el té.

A veces, el pasado se apoderaba de ella sin previo

aviso. Una palabra, un olor familiar o una nota musical podían romperle el corazón en un segundo, dejándola sin sitio donde esconderse del dolor. Si no hubiese amado a Jaul lo habría olvidado fácilmente, pero se alegraba de haberlo amado por los niños, aunque su amor no hubiese durado, aunque él la hubiese utilizado, mentido y seguramente engañado también.

El dinero que su padre le había ofrecido fue la gota que colmó el vaso, diciéndole todo lo que necesitaba saber sobre el canalla de Jaul, que le había mentido al decir que no se separarían nunca.

Jaul pensaba que el dinero era la solución para todos los problemas y que podía curar corazones rotos por arte de magia. Su inmensa fortuna lo ayudaba a escapar de cualquier complicación. «Juntos para siempre» solo había durado hasta que se cansó de ella. Desgraciadamente, a Chrissie no se le había ocurrido que algún día sería una complicación de la que querría librarse.

–La gente espera que sea generoso –le había dicho una vez.

–Que tengas dinero no significa que debas tirarlo –había replicado ella–. Eso es extravagante y parece que presumes de ser rico.

Jaul la había mirado como si tuviera dos cabezas.

–No estoy presumiendo de nada.

Por supuesto, no tenía que hacerlo para llamar la atención. Jaul era increíblemente atractivo y su aspecto físico garantizaba que todas las mujeres volviesen la cabeza. Y, si no era por su aspecto, su llamativo deportivo, la corte de guardaespaldas y su lujoso estilo de vida impresionaban a todo el mundo.

–He metido sus juguetes favoritos en mi coche –dijo Sally–. Una cosa menos de la que preocuparte cuando tengas que hacer las maletas mañana.

–Gracias, pero voy tan a menudo a casa de mi hermana que podría hacer las maletas con los ojos cerrados –Chrissie intentó cerrar la puerta a los recuerdos que la asaltaban–. Estoy deseando ver a Lizzie y a mis sobrinos.

–Max y Giana se quedarán encantados con los niños ahora que son más activos.

–Giana se llevará un disgusto cuando vea que ya no están todo el día en la cuna –Chrissie se rio pensando en la mandona hija de su hermana, que trataba a Tarif y Soraya como si fueran muñecos–. O cuando empiecen a quitarle sus juguetes.

Cuando Sally se marchó, Chrissie dio de comer a los niños y los bañó antes de meterlos en la cuna. Mientras les leía un cuento se preguntaba si tendría trabajo cuando terminase el verano. Estaba cubriendo el puesto de otra profesora de baja por maternidad y los contratos fijos eran difíciles de conseguir. Con esa preocupación en mente, se fue a la cama e intentó conciliar el sueño.

A la mañana siguiente, mientras los niños dormían, Chrissie ordenó un poco la casa. Estaba haciendo la maleta, en camiseta y pantalón corto, cuando sonó el timbre.

La curiosidad había llevado a Jaul directamente desde el aeropuerto a la dirección que Bandar le había dado. Chrissie vivía en una zona residencial, pensó, esbozando una sonrisa irónica. Él no pagaba una pensión a su esposa, pero el dinero que le había dado su padre dejaba claro que no estaba muriéndose de hambre. Aunque él no querría que se muriese de hambre, pensó, incómodo por tan vengativo pensamiento y por las crudas reacciones que despertaba en él.

Dos años antes, mientras estaba en el hospital, cuando pensaba en Chrissie saliendo con otros hombres se ponía furioso. Pero ese tiempo había pasado, se dijo a sí mismo. Lo único que quería era poner fin a un absurdo matrimonio que nunca debería haber tenido lugar.

Chrissie echó un vistazo por la mirilla y frunció el ceño. Había un hombre alto y moreno al otro lado, de espaldas a la puerta, de modo que no podía ver su cara. Poniendo la cadena de seguridad, entreabrió la puerta.

–¿Sí?

–Soy Jaul.

«¿Jaul?».

Incrédula, Chrissie asomó la cabeza por la estrecha abertura y vio una piel oscura, un duro mentón masculino y unos ojos negros, impacientes, rodeados por unas pestañas tan largas como para inspirar resentimiento.

Inolvidable... Jaul era inolvidable y al verlo después de dos años se le puso el corazón en la garganta. Por instinto, cerró la puerta y se apoyó en ella intentando respirar.

No podía ser.

Jaul masculló una palabrota y pulsó el timbre varias veces, impaciente.

Chrissie se dejó caer al suelo y se abrazó las rodillas. Era Jaul... dos años demasiado tarde. Sentía en ese momento la misma angustia, el mismo dolor que había enterrado dos años antes para poder seguir adelante y sobrevivir a su traición. No se podía creer que apareciese así, de repente, sin advertencia alguna. Claro que había desaparecido del mismo modo, se recordó a sí misma.

El timbre siguió sonando como si hubiera dejado el dedo pegado y Chrissie dio un respingo. Jaul era muy impaciente, pensó, intentando calmarse.

¿Qué estaba haciendo en Londres? ¿Y cómo había encontrado su dirección? ¿Y por qué había ido a verla después de dos años sin tener noticias suyas? ¿Tendría algo que ver con que su padre había muerto recientemente y él había heredado el trono?

Tras la visita de su padre, Chrissie no había querido sucumbir al mórbido interés de buscar noticias de Jaul en Internet. Había cerrado la puerta firmemente a esa curiosidad, pero en primavera, por casualidad, había leído en un periódico la noticia de la muerte de su padre.

—Chrissie —la llamó él desde el otro lado. Y su voz, tan masculina, con ese exótico acento, le despertó una oleada de recuerdos que no quería revivir.

Chrissie aplastó esos recuerdos mientras se levantaba del suelo. No pensaba esconderse de un hombre que le había roto el corazón.

Capítulo 2

CHRISSIE apartó un poco la cortina. Jaul estaba en la acera, de espaldas a ella. Varios hombres con traje de chaqueta oscuro, sin duda sus guardaespaldas, lo rodeaban. Y su corazón seguía latiendo con tal fuerza que apenas podía respirar.

Le había dado con la puerta en las narices y esa no era la clase de bienvenida a la que él estaba acostumbrado. Se enfadaría y cuando Jaul se enfadaba era peligrosamente imprevisible. Negarse a dejarlo entrar no era la mejor idea, pensó, preocupada.

Cuando Jaul giró su imperiosa cabeza oscura, Chrissie se escondió tras las cortinas, pero unos segundos después, irguiendo los hombros, decidió abrir la puerta.

Jaul, que estaba a punto de llamar al timbre otra vez, se detuvo cuando ella apareció en el umbral y tuvo que contener el aliento al verla con la camiseta y el pantalón corto.

–Chrissie...

–¿Qué haces aquí? –le preguntó ella, sorprendida al pensar cómo el paso del tiempo alteraba las situaciones.

Si hubiese aparecido dos años antes lo habría abrazado para cubrirlo de besos, pero ese tiempo había pasado. Le había roto el corazón dejándola sin decir una palabra y jamás había vuelto a ponerse en contacto con ella ni para darle una explicación ni para pedir disculpas. Ese silencio le había dicho la verdad: Jaul nunca la había querido, nunca le había importado de verdad. De ser así no habría podido marcharse sin preguntar siquiera cómo estaba.

–¿Puedo pasar? Tengo que hablar contigo –dijo Jaul, con esa voz de terciopelo.

–Si no hay más remedio... –rígida, Chrissie dio un paso atrás.

Intentaba no mirarlo, no sentirse afectada por su repentina aparición. Hablaría con él y se despediría sin que sus sentimientos se involucrasen en modo alguno.

Llevaba pantalones vaqueros y una chaqueta de cuero, informal, pero elegante a la vez, sus movimientos estaban llenos de gracia masculina. Medía más de un metro noventa, perfecto para una chica de metro setenta y ocho que solía usar zapatos de tacón. De hombros anchos y caderas delgadas, tenía los muslos largos y poderosos de un jinete y el estómago plano de un atleta.

El pelo negro azulado rozaba sus hombros, enmarcando un rostro de facciones llamativas, nariz clásica, pómulos altos y boca sensual. Pero eran sus hermosos ojos oscuros lo primero que uno veía de Jaul y lo que más recordaba, pensó Chrissie; castaños a veces, brillantes como estrellas en un cielo negro en otras y ojos de tigre a la luz del sol.

Chrissie sintió un cosquilleo entre las piernas... que desapareció al ver los juguetes de los niños en el suelo. Se dio cuenta entonces, sorprendida, de que jamás se le había ocurrido que Jaul pudiera ir a visitarla para preguntar por los niños. Pero ¿cómo iba a enterarse de la existencia de los mellizos si la había abandonado antes de que ella misma descubriese que estaba embarazada?

¿Y por qué iba a mostrar interés en la existencia de

dos niños ilegítimos de una exnovia? Eso era lo que había sido para él, una exnovia más, una de tantas porque su matrimonio no era legal. Jaul no querría saber que había estado embarazada. No querría abrir esa caja de Pandora.

Por supuesto que no. Chrissie hizo un gesto de desdén. Marwan no era la clase de país que miraría hacia otro lado ante los actos inmorales de su rey. Claro que su relación con una extranjera podría entrar en la categoría de «pecados de juventud», pensó entonces.

Sin decir una palabra, Chrissie se inclinó para recoger los juguetes y echarlos en una cesta que había frente a la pared.

–¿Tienes hijos? –le preguntó Jaul, observando el precioso pelo rubio platino como un velo de seda sobre sus hombros, la curva de sus caderas, la perfección de su espalda y los largos y pálidos muslos. Unos muslos que él había abierto y entre los que se había colocado noche tras noche. Nunca se cansaba de ella.

Un deseo salvaje hizo latir el pulso en su entrepierna y se enfureció consigo mismo porque era incapaz de controlarse.

Chrissie pensó a toda velocidad mientras recogía el último bloque, agradeciendo que Jaul no pudiera ver su cara.

Era un alivio que no supiera nada de los mellizos, un enorme alivio, pero le parecía irreal que preguntase si tenía hijos, como si fueran dos extraños.

–He estado cuidando... a los hijos de una amiga –respondió–. Bueno, ¿qué querías? –le preguntó, insolente.

Un ligero rubor acentuó los exóticos pómulos mientras sus ojos oscuros reflejaban el sol de mediodía.

–Debo decirte algo que te va a sorprender...

Chrissie inclinó a un lado la cabeza, con los ojos como un mar de color turquesa bajo unas pestañas de color castaño.

–He vivido contigo, Jaul. No creo que nada vaya a sorprenderme.

«Después de que me abandonases nada me sorprende», pensó. Pero no lo dijo en voz alta, demasiado orgullosa y asustada al mismo tiempo. Su aparente tranquilidad la irritaba. Era ofensivo que pudiese ir a verla como si no pasara nada después de lo que había hecho. Totalmente imperdonable.

–Cuanto antes lo digas, antes podrás marcharte –dijo por fin, conteniendo su rabia.

Jaul respiró profundamente mientras intentaba calmarse. Sencillamente, había pasado demasiado tiempo desde la última vez que estuvo con una mujer, se dijo a sí mismo. Él era un hombre normal, sano, y era lógico que la proximidad de Chrissie le despertase ciertos impulsos. Ligeramente relajado por esa convicción, clavó los ojos en ella.

–He descubierto recientemente que nuestro matrimonio es legal, por eso estoy aquí.

Tan grande era la incredulidad de Chrissie que dio un paso atrás, chocando con la estantería.

–Pero tu padre dijo que era ilegal, que no valía de nada...

–Mi padre estaba equivocado –la interrumpió Jaul–. Mi consejero legal insiste en que fue una ceremonia legítima y, como consecuencia, necesitamos un divorcio.

Tal afirmación dejó a Chrissie atónita por un momento, intentando absorber la enormidad de lo que estaba diciendo.

–Entonces, ¿durante todo este tiempo hemos estados casados?

–Sí –respondió Jaul.

–Vaya, quién lo hubiera imaginado. Hace dos años no me dejaron entrar en la embajada de Marwan, asegurándome que estaba equivocada, aunque nuestro matrimonio tuvo lugar aquí. Absolutamente nadie quiso recibirme o aceptar una carta para ti... de hecho, amenazaron con llamar a la policía si no me marchaba.

–¿De qué estás hablando? ¿Cuándo estuviste en la embajada? –preguntó Jaul.

Ella lo miró, traidoramente hipnotizada por esos ojos magnéticos. Jaul era una electrizante combinación de sex-appeal, grandeza y autoridad que dejaba a las mujeres sin aliento. Tan apuesto, tan increíblemente apuesto que llamaba la atención en todas partes, aunque ella sabía que era un mujeriego y no debería confiar en él.

Se había resistido durante meses y meses, hasta que, en un momento de vulnerabilidad, había caído en su trampa. Y entonces, tristemente, también ella había encontrado irresistibles esos anchos hombros y esa mentirosa y seductora lengua.

–¿Cuándo, Chrissie? –insistió él.

–Poco después de que mi «imaginario» marido se esfumase –respondió ella–. Y después de mi visita a la embajada, tu padre vino a verme y me dijo que nuestro matrimonio no era legal.

–No sé qué esperas conseguir diciendo esas tonterías cuando lo único que ambos queremos es el divorcio.

Chrissie enarcó una fina ceja.

–No sé, Jaul, ¿crees que podría ser el deseo de venganza lo que me motiva después de lo que tuve que pasar?

–Eso no tiene sentido. Hemos vivido separados durante mucho tiempo y quiero el divorcio. Es un asunto práctico, nada más.

–Sabes que te odio, ¿verdad? –dijo ella entonces, empujada por una burbuja de histeria al ver que la miraba como si no hubiese habido nada entre ellos.

Sin embargo, una vez la había perseguido sin descanso. Había jurado amarla y que solo el matrimonio lo satisfaría. Pero no había nada más muerto que una vieja aventura amorosa, le dijo una vocecita interior. Y la prueba estaba delante de ella.

Pensando en la mujer que lo había dejado cuando estaba en el hospital, sin ir a verlo una sola vez, Jaul la miró con sus ojos oscuros llenos de desdén.

–¿Por qué iba a importarme?

Ya no parecía Jaul. Había cambiado por completo, pensó Chrissie. Quería el divorcio, necesitaba el divorcio, pero ella seguía sin aceptar que habían estado casados durante dos años.

–¿Por qué me dijo tu padre que el matrimonio no era legal?

Él dejó escapar un irritado suspiro.

–No era mentira. Mi padre creía que nuestro matrimonio era ilegal...

–No solo me contó eso –siguió Chrissie–. Me dijo que te habías casado conmigo sabiendo que la ceremonia era ilegal y que podrías librarte de ese compromiso cuando quisieras.

–Me niego a creer que dijera algo así –replicó Jaul, con una enfática sacudida de su imperiosa cabeza–. Mi padre era un hombre honorable y un buen padre...

–¿Ah, sí? –exclamó Chrissie, furiosa–. Me echó de tu apartamento solo con la ropa que llevaba puesta. Me trató como si fuera una okupa y me humilló...

–No conseguirás nada con esas mentiras –la interrumpió Jaul–. No pienso escucharte. Sé qué clase de mujer eres. Mi padre te dio cinco millones de libras para que desaparecieras de mi vida y tú aceptaste el dinero. Jamás volví a saber de ti...

–En la embajada me trataron como si fuera una lunática –siguió Chrissie, negándose a responder a la acusación sobre el dinero porque, aparentemente, Jaul no estaba dispuesto a creer nada de lo que dijera en su defensa.

Pero jamás habría aceptado dinero manchado para comprar su silencio y disuadirla de hablar con los medios de comunicación.

–Quiero dejar atrás el pasado y concentrarme en lo que es importante ahora: nuestro divorcio –anunció él.

Los ojos de Chrissie brillaron como turquesas.

–Supongo que quieres el divorcio para volver a casarte.

–Para qué lo quiera es irrelevante –replicó él.

–Necesitas mi consentimiento para conseguir el divorcio –dijo ella, pensando que en aquella ocasión la pelota estaba en su tejado.

Jaul esperaba que fuese comprensiva y le diera lo que quería. Pero ¿por qué iba a serlo? No le debía nada.

–Naturalmente, si queremos que se haga lo antes posible tiene que ser de mutuo acuerdo.

–La respuesta es no –dijo Chrissie, amargada por cómo la había tratado dos años antes y obstinadamente dispuesta a ponerle las cosas difíciles–. Si estábamos casados legalmente tendrás que esforzarte para conseguir el divorcio.

Jaul la miró, con sus ojos oscuros brillantes como llamas.

–Pero eso es ridículo. ¿Por qué ibas a hacer algo tan estúpido?

–Porque puedo –respondió ella–. No pienso ponértelo fácil y sé que tú querrías que todo fuese muy discreto, ¿verdad? Aunque nunca has admitido públicamente que te casaste con una extranjera.

–¡Creía que nuestro matrimonio era ilegal! –gritó Jaul–. ¿Por qué iba a hablar de ello públicamente?

–Cualquier otro hombre habría hablado de ello con la mujer que creía estar casada con él –respondió Chrissie, desdeñosa, mientras ponía la mano en el picaporte–. Pero tú... ¿qué hiciste? Ah, sí, desapareciste y enviaste a tu padre para solucionar el problema.

Furioso ante tan injusta condena, Jaul la tomó por la muñeca antes de que pudiese abrir la puerta del todo, clavando la mirada en el desafiante rostro.

–No puedes hablarme así.

Conteniendo un espasmo de angustia, Chrissie se obligó a reír, mirándolo con un brillo retador en los ojos.

–Mensaje para Jaul: puedo hablarte como me dé la gana y tú no puedes hacer nada. No mereces nada mejor de mí después de cómo me trataste...

Jaul la soltó, furioso, con sus ojos oscuros brillando como cables de alta tensión.

–¿Esta es tu forma de pedir más dinero? ¿Quieres que te pague para que me liberes de este matrimonio?

Chrissie soltó una carcajada.

–No te preocupes, tengo dinero –respondió–. No quiero un solo céntimo de ti. Solo quiero hacerte sudar.

Jaul sabía que tenía que irse, porque no era capaz de controlar su ira. Nadie le había hablado así desde la última vez que estuvo con Chrissie y esa era una lección. Habían chocado desde el principio porque los dos eran obstinados y de carácter tempestuoso. Habían tenido peleas monumentales y reconciliaciones mejores aún. De hecho, esas reconciliaciones habían sido dulces fantasías que Jaul nunca había olvidado... y se excitaba al recordarlas; un recuerdo tan poco bienvenido como peligroso.

Con las cejas negras fruncidas en un gesto de censura, Jaul respiró profundamente.

—Ya veo que no estás de humor para hablar de este asunto...

—Esto no tiene nada que ver con mi estado de ánimo —lo interrumpió Chrissie, intentando luchar contra los recuerdos que despertaba el aroma de su colonia masculina: noches ardientes y sudorosas de increíble pasión.

—Volveré más tarde, cuando hayas tenido tiempo de pensar en lo que te he dicho —le informó Jaul.

Chrissie no pensaba decirle que estaría en casa de su hermana durante unos días. Eso no era asunto suyo y, además, no quería que descubriera que no solo estaba casado con ella, sino que tenía dos hijos. No estaba dispuesta a arriesgarse sin saber qué terreno pisaba.

El silencio se alargó.

—Un divorcio es la única solución sensata y no me importa pagar por ese privilegio —dijo Jaul por fin, con los dientes apretados, intentando encontrar paciencia—. Como mi esposa, estemos separados o no, tienes derecho a una pensión...

—No quiero nada de ti —repitió Chrissie obstinadamente—. Por favor, márchate.

Jaul sintió el impulso de decir algo, cualquier cosa, para convencerla, pero su actitud dejaba claro que lo veía como el enemigo, alguien en quien no estaba dispuesta a confiar. ¿Dónde estaba la antigua Chrissie, aquella de la que se había enamorado?

Sin decir una palabra más, Jaul salió del apartamento, decidido a no volver a verla. Le había dicho lo que necesitaba, a partir de aquel momento dejaría que los abogados se encargasen de todo lo demás.

Chrissie se vistió a toda prisa, metió ropa en una maleta y la llevó al coche. Su casa había sido siempre su santuario, pero ya no se sentía a salvo allí. ¿Y si Jaul entraba cuando los mellizos estuvieran despiertos? ¿Por qué intuía que sabría inmediatamente que eran hijos suyos cuando no tenía ninguna razón para sospechar de su existencia?

Estaba poniéndose histérica, se dijo a sí misma, pero metió a Tarif y a Soraya en el coche a toda prisa para alejarse de allí.

Mientras atravesaba la ciudad, sorteando el tráfico de mediodía, tuvo tiempo para pensar en el pasado. No podía recordar sus años de universidad sin pensar en Jaul porque él siempre había estado allí.

Había compartido un diminuto apartamento con otra chica durante el segundo año de universidad, Nessa, que estaba obsesionada con los hombres y se había vuelto loca cuando conoció al príncipe de Marwan. Chrissie no estaba tan impresionada, sabiendo que en muchos países de Oriente Medio había príncipes a millares cuya única labor consistía en gastar dinero a manos llenas.

Jaul había llevado a Nessa a París en su avión privado solo para cenar y su compañera estaba loca de entusiasmo ante tan lujosa experiencia. Volvieron al día siguiente y estaba en el apartamento cuando Chrissie volvió de las clases que su compañera se había saltado.

Aún recordaba la primera vez que lo vio, con su piel morena, los ojos tan brillantes como el sol y el atractivo y exótico rostro.

Se había quedado sin respiración mientras Nessa hablaba de forma incoherente sobre París, aviones y limusinas.

–Es increíble en la cama –le había confiado su amiga en cuanto Jaul desapareció, poniendo los ojos en blanco–. Absolutamente asombroso, en serio.

Pero solo había sido una noche. Al día siguiente, Jaul había enviado un ramo de flores y unos pendientes de diamantes, pero no volvió a llamarla. Nessa se había llevado una desilusión, pero entendía que, siendo un hombre rico, joven y atractivo, quisiera disfrutar de su libertad.

Unos días después, Chrissie se encontró con él en la cafetería de la universidad. Era imposible no verlo rodeado por un cuarteto de guardaespaldas y un coro de rubias que, pronto descubrió, aparecían en cuanto él asomaba la cabeza en cualquier sitio.

Le había sorprendido al levantarse cuando pasaba frente a su mesa, insistiendo en saludarla cuando ella hubiera pasado sin decir una palabra. Incómoda, Chrissie se había mostrado fría, extrañamente afectada por el calor de su mirada y el celoso escrutinio de sus acompañantes femeninas.

Entonces tenía que trabajar en dos sitios además de estudiar porque su familia no podía ayudarla económicamente. Uno de sus trabajos era colocar libros en la biblioteca, el otro un puesto de camarera en un restaurante local, pero aun así le resultaba difícil pagar las facturas. Su padre estaba enfermo y su hermana mayor, Lizzie, trabajaba día y noche para mantener la granja familiar mientras ella estudiaba. Pero saber que tenían tantas dificultades para sobrevivir hacía que se sintiera culpable.

Incluso de niña, Chrissie sabía que la caótica vida de su difunta madre, Francesca, habría sido menos anárquica si hubiera tenido estudios para poder ganarse la vida cuando sus aventuras amorosas terminaban, y eso era algo que ocurría a menudo. Una mujer necesitaba algo más que una educación básica para sobrevivir y, por ello, la intención de Chrissie siempre había sido concentrarse en una carrera más que en un hombre.

El matrimonio de sus padres había sido breve y las relaciones que Francesca mantuvo después eran autodestructivas, con problemas de alcoholismo, infidelidades, violencia física y otros horrores. Perdida la inocencia a muy temprana edad, Chrissie sabía lo bajo que se veía obligada a caer una mujer para tener comida en la mesa y esa era una lección que no olvidaría nunca.

No, ella jamás se vería obligada a depender de un hombre para subsistir.

Cuando Jaul se acercó a ella en la biblioteca, donde estaba colocando libros unas semanas después de su primer encuentro, para pedirle ayuda con un libro que no encontraba, Chrissie se había mostrado amable como empleada de la biblioteca que era.

–Me gustaría invitarte a cenar una noche –le había dicho él cuando localizaron el libro.

Tenía los ojos oscuros más bonitos que había visto nunca, lustrosos, profundos. En su presencia se le quedaba la boca seca y le costaba respirar. Le gustaba mirarlo, no, más que eso, no podía dejar de mirarlo. Enfadada por tan absurda reacción, recordó cómo había tratado a Nessa.

Jaul buscaba conquistas sexuales, nada más. Una vez que la caza terminaba y había conseguido lo que quería perdía interés. El sexo de una noche con jóvenes tan desinhibidas y aventureras como Nessa le iba como anillo al dedo. No buscaba una relación, con los límites que eso marcaba, no le había ofrecido amistad, cariño o fidelidad.

–Lo siento, no –respondió Chrissie.

–¿Por qué no? –preguntó él, sin la menor vacilación.

–Entre mis estudios y el trabajo apenas tengo tiempo libre. Y, cuando lo tengo, me gusta ir a casa para visitar a mi familia.

–Entonces, vamos a comer –sugirió Jaul–. Supongo que tendrás que comer todos los días y uno de esos días podríamos hacerlo juntos.

–Pero es que no quiero –había confesado Chrissie abruptamente, sintiéndose acorralada y ligeramente intimidada por su estatura en el limitado espacio de que disponían entre las estanterías.

Él había enarcado una ceja de ébano.

–¿Te he ofendido de alguna forma?

–No, es que no tenemos nada en común –había replicado ella, irritada por su obstinación.

–¿Por qué no?

–Eres todo lo que no me gusta –le había dicho Chrissie, frustrada–. No estudias, solo te dedicas a ir de fiesta. Sales con un montón de mujeres, yo no soy tu tipo. Yo no quiero ir a cenar a París, no quiero diamantes y no tengo la menor intención de acostarme contigo.

–¿Y si no te ofreciera ir a París, diamantes o sexo?

–Seguramente terminaría intentando matarte porque eres un engreído –había dicho ella, furiosa–. ¿Por qué no aceptas un «no» por respuesta?

De repente, Jaul había sonreído, una sonrisa sorprendentemente carismática que le encogió el estómago.

–No me han educado para aceptar negativas.

–Lo siento, pero conmigo «no» significa «no» –había dicho Chrissie–. Tanta insistencia solo sirve para enfadarme...

–Y yo soy muy insistente, además de engreído –había reconocido Jaul.

Ella señaló la zona de estudio con el dedo.

–Ya tienes tu libro, ve a estudiar.

Y, sin decir otra palabra, se había dado la vuelta con su carrito, dirigiéndose al ascensor para escapar de él.

Capítulo 3

SALLY abrió la puerta de la casa de Cesare y Lizzie y, con un mellizo en cada brazo, Chrissie entró en el vestíbulo. Sus sobrinos, Max y Giana, empezaron a dar saltos para ver a los niños y Tarif gritó de emoción, alargando los bracitos hacia su primo mayor.

–¡Me conoce! –exclamó Max, asombrado.

–Cuando empiece a caminar no te dejará en paz –bromeó Chrissie, dejando a Tarif en el suelo mientras Sally se encargaba de Soraya, que aún estaba medio dormida.

Una elegante y embarazada rubia de ojos verdes salió de una de las habitaciones.

–Chrissie, qué alegría. No te esperaba hasta más tarde –exclamó su hermana, abrazándola.

De repente, los ojos de Chrissie se llenaron de lágrimas, pero al ver la cara de sorpresa de su hermana mayor intentó tragarse un sollozo.

–Perdona...

–No tienes por qué disculparte. Cuéntame qué te pasa, cariño. Tú nunca lloras.

Afortunadamente, Lizzie no la había visto dos años antes, cuando por fin entendió que Jaul no pensaba volver a Gran Bretaña. Había sido una cuestión de orgullo no mostrarle su angustia a su hermana, que era tan feliz en ese momento, con la triste historia de su fallido matrimonio. Se había mostrado animada y valiente a pesar del embarazo, hablando sin emoción de una relación que se había roto y un hombre que no quería hacerse cargo de sus responsabilidades.

–No necesitas a ese canalla, no necesitas a nadie más que a Cesare y a mí –había dicho su hermana, sin hacer más preguntas.

Chrissie, conteniendo un nuevo sollozo, se vio enfrentada a la realidad. Aunque nunca le había hablado a Lizzie de Jaul, tenía que hacerlo. Desde que Jaul apareció en su casa, el pasado se había mezclado con el presente de la forma más dolorosa y todos los buenos y malos recuerdos que guardaba de Jaul le rompían el corazón una vez más.

–Ven, por favor –Lizzie la tomó por la cintura para llevarla al salón, con sus cómodos sofás de color azul y sus muebles contemporáneos.

Cesare estaba hablando por el móvil frente a una de las ventanas, pero cortó la comunicación al ver a su cuñada llorando.

–Estaba a punto de decirte que mis hermanas llegarán esta noche y esperan que salgas con ellas mañana...

Chrissie hizo un esfuerzo para sonreír. Se llevaba de maravilla con las hermanas de Cesare, Sofia y Maurizia, y las tres solían salir juntas cuando estaban en Londres.

–Puede que no sea la mejor compañía ahora mismo.

Lizzie la empujó suavemente hacia uno de los sofás.

–Cuéntanos qué te pasa.

Chrissie dejó escapar un gemido.

–He sido una idiota, debería habértelo contado hace años. No vas a creer lo tonta que he sido y ahora no sé qué hacer...

–Empezar por el principio siempre ayuda –sugirió Cesare.

–Ha vuelto el padre de los niños –dijo Chrissie entonces–. Y dice que tenemos que divorciarnos, lo cual no tiene sentido porque su padre me dijo...

Cesare la miró, incrédulo.

–¿Estuviste casada con el padre de los niños?

–¿Qué? –exclamó Lizzie, dejándose caer sobre una otomana–. ¡Casada!

Chrissie se sentía más culpable que nunca. Lizzie había sido más cariñosa y responsable que su propia madre, aunque solo tenía cinco años más que ella.

–Será mejor empezar por el principio o no sabréis de qué estoy hablando.

Con cierta dificultad, intentó contarles su relación con Jaul desde el día que se conocieron.

–Pero nunca lo mencionaste –comentó Lizzie, incrédula–. Lo conocías mientras estabas en la universidad y nunca me hablaste de él.

Chrissie se puso colorada. Era incapaz de describir el papel que Jaul había representado en su vida mucho antes de empezar a salir con él. Lo había visto en el campus a menudo y charlaban de vez en cuando, aunque lo evitaba si mostraba demasiado interés en ella, pero lo que nunca había podido ser con Jaul era indiferente. Cuando no estaba allí se encontraba buscándolo como una tonta. Si pasaban un par de días sin verlo se le encogía el corazón y cuando reaparecía lo estudiaba con intensidad, como si solo mirándolo pudiese revivir.

En cierto modo, Jaul siempre había sido su secreto mejor guardado, su fantasía privada. Jamás podría haberle explicado a su hermana esa relación sin sentirse mortificada y se alegraba de no haber hablado de él cuando, en lugar de llevar a Jaul a casa para presentárselo a su hermana, había terminado volviendo sola y embarazada.

Lizzie se había enfadado cuando su padre dijo que él no quería una madre soltera en la familia, pero Chrissie se sentía mucho más culpable por decepcionar a su hermana, que tantos sacrificios había hecho por ella.

Habiendo dejado los estudios a los dieciséis años para trabajar en la granja de su padre, Lizzie no había podido hacer una carrera ni vivir su juventud como las demás chicas de su edad.

—No había necesidad de mencionar a Jaul. Empezamos a salir juntos durante el último año de universidad.

—Pero no lo mencionaste nunca –le recordó Cesare.

—De verdad pensé que no duraría. Creí que romperíamos en unas semanas, todo fue tan inesperado... No pensaba que Jaul fuera en serio, pero entonces, de repente, todo cambió y yo cambié también. Esa es la única forma de describir lo que pasó –murmuró ella, incómoda.

—Te enamoraste –interpretó Lizzie.

—Absoluta, locamente –intentó bromear Chrissie–. Nos casamos en la embajada de Marwan en Londres y luego fuimos al Registro Civil.

—Pero ¿por qué tanto secreto? –preguntó Cesare.

—Jaul no quería que nadie supiera que nos habíamos casado hasta que tuviese la oportunidad de hablar con su padre... y me parece que no tenía ninguna prisa por hacerlo –Chrissie les contó la pelea que tuvieron cuando Jaul anunció su intención de volver a Marwan sin decirle cuándo pensaba volver–. Me sentí rechazada.

–Claro, es natural –dijo Lizzie, apretándole la mano.

Chrissie les habló de su visita a la embajada de Marwan y de la del padre de Jaul, el rey Lut. Cuando repitió lo que el hombre le había dicho, Cesare se puso furioso.

–Entonces debiste pedirnos consejo.

–Seguía pensando que Jaul volvería. No acepté lo que me contó su padre y no perdí la esperanza.

–Y entonces descubriste que estabas embarazada –dijo su hermana.

–Habían pasado un par de meses y ya no podía excusar el silencio de Jaul. Entendí entonces que su padre me había dicho la verdad.

–¿Jaul sabe lo de los niños? –le preguntó su cuñado.

–No, no se lo he contado. Y le dije que no pensaba darle el divorcio... para molestarlo –les confesó Chrissie, incómoda–. Ha sido una estupidez por mi parte, lo sé.

–Llamaré a mis abogados –dijo Cesare, apretando los labios–. Jaul tiene que saber lo de los niños lo antes posible. Un hombre tiene derecho a saber que ha sido padre...

–¿Aunque haya dejado a la madre y nunca haya vuelto a ponerse en contacto con ella? –protestó Lizzie.

–Incluso así –murmuró Cesare.

Chrissie les habló de sus repetidas visitas a la embajada de Marwan y sus inútiles intentos de ponerse en contacto con Jaul por teléfono.

–Así que ya veis, hice todo lo posible para hablar con él, pero fue imposible.

–Tienes que ver las cosas con cierta perspectiva, Chrissie. Olvida la hostilidad, concéntrate en los niños y en el futuro y todo saldrá bien.

–Además, le debes un favor a Jaul –dijo Lizzie, sorprendiendo a su hermana, que estaba secándose las lágrimas–. Tienes que hablar con él y contarle lo de los mellizos antes de involucrar a los abogados.

–Pero si ni siquiera sé dónde se aloja. Tal vez solo estaba de paso en Londres... no sé dónde está o cómo ponerme en contacto con él. ¿Y por qué le debo un favor?

–Porque al menos ha tenido la decencia de ir personalmente a contarte que seguís casados –opinó Lizzie–. No creo que le debas nada más, pero al menos se merece que tú personalmente le cuentes que ha sido padre.

–No quiero verlo... además, no tengo nada que ponerme –protestó Chrissie. Pero sabía que estaba atrapada porque, como su hermana mayor, ella tenía sentido de la decencia.

Jaul no se había sentido cómodo yendo a visitarla, pero lo había hecho porque sabía que era su obligación. ¿Cómo no iba a hacer ella lo mismo?

Chrissie tomó un taxi a petición de su hermana porque, según ella, buscar un sitio para aparcar mientras intentaba encontrar la casa de Jaul era lo último que necesitaba en ese momento.

Aunque encontrar la casa no había sido un problema, tuvo que reconocer, mirando el monolítico edificio en la zona más exclusiva de Londres. El ayudante de Cesare lo había localizado casi de inmediato.

Con los contactos que tenía su cuñado, encontrar a Jaul no había sido un problema y, además, le había dado otra información. Por ejemplo, que la enorme casa había sido antes un grupo de edificios adquiridos en los años treinta por la familia real de Marwan y convertidos en una sola casa por el abuelo de Jaul para alojarse durante sus visitas a Londres. Aparentemente, la familia había hecho una ridícula cantidad de visitas desde entonces, pero el dinero no era un problema para la familia real de Marwan y, seguramente, tenían propiedades por todo el mundo.

Había sido una sorpresa para Chrissie descubrir que ese era un dato más que desconocía del hombre al que amaba y con el que se había casado. Aunque habían estado en Londres juntos, Jaul nunca había mencionado que su familia tenía una casa allí. Como no había mencionado que era hijo único y que estaba destinado a ser el rey de Marwan algún día.

Su pasado en Marwan siempre había sido un libro cerrado para ella porque Jaul apenas le había contado nada. Sabía que su madre había muerto, que había estudiado en una academia militar antes de entrenarse como soldado en Arabia Saudita y que cuando fue admitido en Oxford para estudiar Ciencias Políticas era la primera vez que visitaba Gran Bretaña.

No dejaba de sorprenderla que en aquel momento fuese el rey de un país inmensamente rico del Golfo Pérsico, pero por fin entendía ese aire de arrogancia y autoridad que a menudo la había sacado de quicio. Jaul jamás había tenido ninguna duda de quién era y dónde iba a terminar. Sin duda, su matrimonio había sido una breve y divertida parada en su carrera hacia el trono y jamás había pensado que duraría.

–Actúa con mucha precaución –le había recomendado Cesare cuando establecieron la identidad del hombre con el que se había casado en secreto dos años antes.

Recordar eso hizo que Chrissie empezase a sudar

bajo el vestido de color turquesa que su hermana le había prestado. Su astuto cuñado había señalado que Jaul tendría inmunidad diplomática, amigos influyentes en el gobierno británico y mucho más poder que cualquier extranjero si hubiese una batalla legal por la custodia de los niños.

«Batalla legal por la custodia», una frase que la aterrorizaba. Cesare pensaba que Tarif, como posible heredero al trono de Marwan, sería un niño extremadamente importante para su padre y el miedo de Chrissie crecía en proporción a sus angustiados pensamientos. A un nivel básico no quería ser civilizada, sino llevarse a los niños a algún sitio donde Jaul no pudiese encontrarlos.

Pero se recordó a sí misma que debía ser adulta y capaz de enfrentarse a las dificultades que le presentase la vida. Pensando en eso, subió los escalones del monstruoso edificio con sus imponentes columnas e innumerables ventanas y pulsó el timbre.

Jaul estaba almorzando en un comedor decorado como una tienda del desierto por su abuela británica y maravillándose de su mal gusto. Él no quería aparentar que estaba en el desierto, sentado en el suelo como un pastor de cabras frente a una hoguera, lo que quería era una mesa y una silla. Afortunadamente, su chef personal y otros empleados habían viajado con él, y el servicio y la comida eran ejemplares. Aunque eso no compensaba tener que dormir en un dormitorio decorado como una jaima, en una cama gigantesca hecha de palos de bambú atados con cuerdas.

Claro que la extraordinaria decoración de la casa servía para mantenerlo distraído y no pensar en Chrissie, con ese pantalón corto y esas piernas larguísimas y perfectas.

Ghaffar, su ayudante, apareció entonces en la puerta del comedor.

—Ha llegado una visita para usted, pero no tiene cita.

Jaul contuvo un suspiro. Aquel viaje a Londres era privado y no tenía el menor deseo de ver a nadie.

—Por favor, discúlpate con esa persona. No tengo tiempo para visitas.

—Es una mujer y dice llamarse Chrissie Whitaker...

Jaul se levantó de un salto.

—Ella es la única excepción a esa regla.

Los tacones de Chrissie repiqueteaban sobre el gigantesco vestíbulo, adornado con lo que parecían ser sarcófagos egipcios. Era un sitio horrible, tétrico, que acrecentaba su angustia.

De repente, Jaul apareció en el pasillo y le pareció igual de extraño con el traje de chaqueta gris exquisitamente cortado. La única vez que lo había visto con un traje de chaqueta fue el día de su boda, aunque ese aspecto tan formal no le restaba un ápice de atractivo.

—Chrissie —murmuró, con una seriedad que la puso nerviosa porque era una cualidad que solo había visto en él en los peores momentos de su relación, cuando demostraba lo serio que podía ser cuando se enfadaba—. No esperaba que vinieras aquí.

—Tampoco yo —admitió ella—. Pero tenía que hablar contigo en privado y esta era la mejor forma de hacerlo.

—Eres bienvenida, te lo aseguro —Jaul chascó los dedos y un empleado apareció como de la nada haciendo una reverencia—. Tomaremos un té y... ¿seremos amables el uno con el otro?

Chrissie entró en el salón con un nudo de traicionera emoción en la garganta. Cuando Jaul clavó en ella esos brillantes ojos dorados, su corazón empezó a latir tan alocado como si le hubieran dado un susto.

–Sí, claro, amables –repitió, deseando poder mostrarse tan hostil y agresiva como cuando apareció en su casa. La rabia y el antagonismo servían como defensa entre Jaul y las emociones que despertaba en ella.

–Habría llamado por teléfono para decirte que venía a Londres, pero no encontré tu número –dijo él, como si le hubiera leído el pensamiento.

Afortunadamente, pensó Chrissie, mirando sus atractivas facciones con una sensación terriblemente familiar. Muy bien, era como un cuadro, un cuadro perfecto, tuvo que reconocer, pero ella no tenía por qué fijarse.

–Tal vez deberíamos intercambiar números ahora.

–Muy bien.

Jaul sacó el móvil del bolsillo para anotar el suyo y le ofreció una tarjeta de visita.

–Esto me parece tan raro... –murmuró Chrissie.

–A mí también. Naturalmente, los dos hemos cambiado mucho –dijo él, con una tranquilidad irritante.

Un empleado entró entonces con una bandeja, haciendo una profunda reverencia antes de colocar sobre la mesa un servicio de té típicamente inglés.

Eso hizo que Chrissie volviera al pasado, a su primera cita. Jaul la había llevado a un famoso hotel para tomar el té, una tradición inglesa que, ingenuamente, creía que todo el mundo conservaba. Sintiéndose como la señora de la mansión, Chrissie había disfrutado mucho de la experiencia.

–Te acuerdas –le dijo, sin pensar.

En realidad, Jaul no lo recordaba. El té de las cinco

había sido una costumbre de su abuela británica que, por alguna extraña razón, se conservaba en el palacio real de Marwan.

Chrissie vio que un rubor cubría sus pómulos cuando también él volvió atrás en el tiempo, recordando el día que, por fin, había conseguido convencerla para que lo viese como un hombre normal y no un mujeriego empedernido.

También ese día llevaba un vestido azul con florecitas. Tensa y tímida, con su precioso pelo rubio cayendo casi hasta la cintura, Jaul había tenido tanto miedo de decir o hacer algo que la molestase...

Por primera vez en su vida, le asustaba lo que una mujer pudiera pensar de él. Quería reír al recordarlo, pero mirando a Chrissie de nuevo, con el pelo rubio sobre los hombros y esas facciones perfectas, otras reacciones empezaron a abrumarlo.

Las imágenes contra las que había intentado resistirse durante dos años, de repente salían de la caja en las que las había guardado. Mirando los ojos de color turquesa, que podían volverse ardientes de deseo, se puso rígido al recordar su increíblemente erótica experiencia.

El ambiente se había vuelto sofocante, notó Chrissie, angustiada, cambiando el peso del cuerpo de un pie a otro. Cuando se encontró con la intensa mirada de Jaul, su temperatura corporal pasó del frío al calor en una décima de segundo. Ese calor entre las piernas era una sensación casi olvidada del pasado, pero era demasiado tarde para echarse atrás porque Jaul estaba inesperadamente cerca, tan cerca que podía tocarla y cuando, de repente, la envolvió con sus fuertes brazos, soldándola a su poderoso cuerpo, se quedó sin oxígeno.

–Chrissie –susurró, empujándola hacia él.

Al notar la larga y dura evidencia de su deseo bajo la ropa, Chrissie sintió una quemazón entre las piernas. Se le doblaban las rodillas mientras Jaul se apoderaba de su boca con una pasión que nunca había olvidado, fiera, urgente, masculinamente exigente. El beso era de fuego, como una cerilla lanzada sobre paja seca, y Chrissie levantó las manos hacia el pelo oscuro en el que siempre le había gustado hundir los dedos.

Jaul deslizó sinuosamente la lengua entre sus labios abiertos y Chrissie tembló de arriba abajo; el repentino deseo liberado dentro de ella era como un incendio. Quería rasgarle la camisa y pasar las manos por sus marcados abdominales. Le gustaría tumbarlo en la alfombra y satisfacer el vacío que había dejado cuando se marchó. Era poderoso, era seductor y no podría haberse resistido a su explosiva pasión.

Chrissie deseaba, deseaba...

Capítulo 4

ALGUIEN llamó a la puerta y Jaul se quedó literalmente inmóvil, como si alguien hubiese pulsado un timbre de alarma. Se apartó luego, con los ojos dorados brillando como los de un tigre y el ceño fruncido.

–Lo siento –dijo en voz baja–. Esto ha sido un error.

Chrissie no pudo calmarse tan rápidamente y cuando la soltó se dirigió a la ventana, llevándose una mano a las ardientes mejillas. Se odiaba a sí misma por lo que había pasado y apenas prestaba atención mientras Jaul hablaba con alguien en su idioma.

Angustiada, se sentó en un horrible sofá de madera, sin almohadones que hiciesen más cómodo el duro asiento.

«¿Un error?». Qué humillante que dijera eso. Solo había sido un beso, solo un estúpido beso, razonaba, envuelta en una nube de vergüenza.

Pero ¿cómo había podido dejar que la besara cuando había ido a visitarlo para discutir la infinitamente más importante realidad de los niños? Era como si algo le hubiese robado el sentido común, robándole la memoria y la razón al mismo tiempo.

En fin, ya estaba hecho y Jaul era tan culpable como ella, se recordó a sí misma, aunque eso no era un gran consuelo.

Por supuesto, una vez estuvo acostumbrada a la naturaleza carnal de Jaul y había disfrutado de su aparente atracción hacia ella, suponiendo inocentemente que significaba más de lo que había significado en realidad. Y, en ese sentido, nada había cambiado, estaba segura.

Jaul estaba recibiendo un largo mensaje de su ayudante sobre una reunión que tendría lugar al día siguiente entre el bufete elegido por Bandar y los abogados que, aparentemente, representaban los intereses de Chrissie. Recordando su actitud sobre el divorcio el día anterior era desconcertante, pero le sorprendió menos que su inesperada visita.

¿Lo había pensado mejor? Evidentemente, era capaz de contratar un bufete de abogados en unas horas. Tal vez había visto las ventajas económicas de darle el divorcio, pensó, irónico. Pero ¿desde cuándo el dinero significaba tanto para ella?

Era una pregunta que se había hecho muchas veces desde que su padre le contó que había aceptado dinero a cambio de darle la espalda a su relación. ¿Cómo le había pasado desapercibido que fuese tan avariciosa? Entonces la habría descrito como la persona menos mercenaria que había conocido nunca.

¿Habría ocultado astutamente su avaricia para impresionarlo? Cuando estaban juntos siempre le había dado a entender que su riqueza no la impresionaba. Y, si era sincero, lo había impresionado porque para entonces se había cansado de las mujeres que solo lo valoraban por lo que tenía y no por lo que era.

Sin embargo, la mujer a la que había valorado por encima de las demás había demostrado ser la más egoísta y avariciosa de todas. Esa triste verdad, que odiaba recordar porque dejaba claro su falta de buen juicio cuando estaba a merced de su libido, era un recordatorio necesario, tuvo que admitir, porque una sola mirada a la hermosa y excitante Chrissie aún podía excitarlo.

Chrissie por fin estaba preguntándose cómo diantres iba a sacar el tema de los niños, sabiendo que sería una tremenda sorpresa para él. Nerviosa, clavó los dedos en el bolso que Lizzie le había prestado y, sin pensar más, lo abrió y sacó las partidas de nacimiento. Esos documentos lo decían todo y no habría necesidad de dar más explicaciones.

–Supongo que te preguntarás para qué he venido –empezó a decir. Desde luego, no había ido para besarlo y soñar con arrancarle la ropa otra vez, pensó, con la cara roja de vergüenza–. Tenía que hablar contigo porque he pensado que deberías ver esto...

Jaul tomó los documentos con cara de sorpresa. Chrissie no había mencionado el beso y lo agradecía, sabiendo que era capaz de hacer un drama sobre cosas que a él le parecían triviales. El tiempo los había devuelto brevemente al pasado y nada más. No había nada que decir, pensaba mientras intentaba entender por qué le mostraba dos partidas de nacimiento.

–¿Qué es esto? –Jaul vio el nombre de la madre y se quedó inmóvil–. ¿Tienes hijos?

–Y tú también –respondió ella–. Me dejaste embarazada antes de desaparecer.

Jaul dejó de respirar. «¿Embarazada?» En un primer momento le pareció imposible, pero empezó a hacer cálculos mentales, a recordar fechas, y tuvo que reconocer que, le gustase o no, era una posibilidad. Una posibilidad en la que no quería pensar.

Tenía dos hijos, un niño y una niña.

El concepto era tan abrumador que literalmente no pudo respirar durante unos segundos. La mujer de la que pensaba divorciarse era la madre de sus hijos. Jaul entendió entonces que esa revelación, esa devastadora verdad lo cambiaba todo. ¡Todo!

Pero ¿por qué descubría una noticia tan increíblemente importante como que era padre un año después del parto? Jaul no estaba acostumbrado a recibir sorpresas que ponían su mundo patas arriba y cerró los ojos un momento antes de abrirlos para mirar a Chrissie... la hermosa y engañosa Chrissie, que acababa de meterle un gol de proporciones gigantescas.

–Si es verdad... y supongo que lo es –Jaul tenía que hacer un esfuerzo ímprobo para controlar su temperamento–, ¿por qué me entero ahora de la existencia de mis hijos?

De todas las reacciones que Chrissie había esperado mientras iba en el taxi, aquella era la última de su lista.

–¿Eso es todo lo que tienes que decir? –gritó, levantándose.

Jaul la miró con expresión helada. Ningún hombre había sido mejor entrenado desde su nacimiento para enfrentarse a una crisis sin mostrar emociones o lanzar exclamaciones intempestivas.

–¿Qué esperabas que dijese?

La puerta se abrió en ese momento y cuatro guardaespaldas entraron en el salón, mirando a Chrissie con gesto de incredulidad. Tan tranquilo como siempre, como si tales interrupciones fueran parte de su rutina normal, Jaul les pidió que salieran y les dio instrucciones para que no volviesen a molestarlo.

Su ansioso escuadrón protector había oído un grito cuando nadie gritaba al rey y temieron que hubiese ocurrido algún accidente. Además, estaban nerviosos porque nunca habían salido de Marwan y Londres era un sitio lleno de desconocidos.

Chrissie apretó los puños, con los ojos nublados de ira.

—Tal vez esperaba algo más humano, pero me has hecho una pregunta muy estúpida.

Jaul apretó sus blancos dientes.

—¿Por qué estúpida?

—Me has preguntado por qué te enteras ahora de la existencia de Tarif y Soraya... ¿estás de broma?

—No, no es una broma —respondió Jaul, estudiándola con sus penetrantes ojos oscuros—. ¿Por qué iba a bromear sobre algo tan serio? Intenta calmarte, este es un asunto muy serio.

Y ese fue el momento en el que Chrissie perdió el control. El padre de sus hijos era como un pilar de granito, actuando con la misma frialdad que si estuvieran hablando del tiempo, y eso era un insulto intolerable después de la ofensiva pregunta.

¿Cómo se atrevía a decirle que se calmase? ¿Cómo se atrevía a tratarla así cuando él le había destrozado la vida, dejándola en el peor momento?

—Eres un canalla —le espetó, capaz apenas de pronunciar esas palabras, tan grande era su rabia—. ¿Por qué no sabías que tenías dos hijos? Porque me dejaste...

—Yo no...

—Volviste a Marwan y te olvidaste de mí, me abandonaste. No respondías a mis llamadas, no me llamaste, no me escribiste... ¡jamás volví a saber de ti! —Chrissie temblaba, con los amargos recuerdos ahogándola—. Me dejaste y nunca volviste a ponerte en contacto conmigo.

Por supuesto, ahora entiendo que fue deliberado porque tú sabías antes de irte que no ibas a volver...

–Eso no es verdad...

–¡Cállate! –gritó Chrissie, la injusticia, la furia y el dolor eran demasiado poderosos como para ser silenciados teniendo a Jaul frente a ella–. No me mientas. Al menos sé sincero, ya no tienes nada que perder.

El rostro de Jaul se ensombreció.

–Yo nunca te he mentido...

–¿Ah, no? ¡Las promesas de amor eterno eran una mentira! ¡O decirme que ese apartamento en Oxford era nuestra casa cuando tu padre podía echarme cuando quisiera! ¡Y, según él, nuestro matrimonio también era una mentira! –le recordó Chrissie, sin bajar la voz.

Él hizo una mueca de desdén y, furiosa, Chrissie tomó un azucarero y se lo tiró, terrones de azúcar volaron como misiles por todo el salón.

Jaul estaba en medio del drama en tres actos que había esperado evitar. Pedirle calma no serviría de nada y escuchar tranquilamente tampoco, porque lo único que había funcionado siempre con Chrissie cuando estaba enfadada era llevarla a la cama hasta que los dos estaban satisfechos y agotados.

Ese era un pensamiento nada apropiado, tuvo que admitir, intentando concentrarse en lo que importaba: los niños.

Pero ¿cómo unos niños de los que no había oído hablar hasta unos minutos antes podían parecerle reales?

–¡Gracias al error de tu padre, mis hijos están inscritos como ilegítimos! –gritó Chrissie, sin aliento–. Nosotros no somos de un país tan conservador como Marwan, pero mi padre estuvo seis meses sin dirigirme la palabra al saber que estaba embarazada porque se sentía avergonzado...

Convencida por el rey Lut de que no era una mujer casada, Chrissie no había podido inscribir el nombre de Jaul en las partidas de nacimiento porque para ello Jaul tendría que haberla acompañado o al menos haber firmado los documentos. Además, no se atrevió a mencionar un matrimonio que creía ilegal, temiendo haber cometido alguna infracción.

Y también le daba miedo atraer bochornosa publicidad. Si la prensa descubría que Jaul, el hijo del rey de Marwan, tenía dos hijos con una mujer británica... no, el silencio le pareció la mejor opción tras sus infructuosas visitas a la embajada.

—De hecho, de no haber sido por mi hermana y mi cuñado habría tenido aún más problemas, así que no te atrevas a preguntarme por qué no sabías de la existencia de los niños cuando fuiste tú quien me abandonó —siguió Chrissie, tempestuosa.

—¿Has terminado de insultarme? —le preguntó él, con los ojos brillantes.

—No te estoy insultando, eso es lo que pasó —replicó Chrissie—. ¿Sabes cuál es tu problema? Que la gente no se atreve a plantarte cara. No esperan que te hagas responsable de tus errores porque eres muy rico, poderoso y mimado. ¡Te odio! —gritó Chrissie, tirándole la jarrita de leche—. Eres un mujeriego, egoísta y canalla.

—Creo que deberías irte a casa y descansar un rato. Te llamaré después, cuando te hayas calmado —murmuró Jaul, sin expresión.

Pero eso la enfureció aún más. Estaba rígida de ira. Jaul no tenía ni idea de lo que había tenido que pasar y probablemente no le interesaba. De hecho, dudaba que hubiese entendido una sola palabra.

Embarazada, pensaba Jaul aún asombrado, intentando imaginarse a Chrissie embarazada de sus hijos, sola y rechazada por su padre por ser madre soltera.

Por primera vez, se alegró de que hubiera aceptado el dinero que le ofreció su padre. Incluso fue un alivio porque con toda seguridad habría necesitado apoyo económico.

Dos niños, pensó, incapaz de imaginárselos. Un niño y una niña, los primeros mellizos en la familia real de Marwan desde el nacimiento de su abuelo y su tío abuelo. Estaba tan sorprendido que se sentía desorientado, confuso, incapaz de reaccionar.

–¡Intenta tumbarte un rato cuando tienes dos niños de catorce meses a los que cuidar! –exclamó Chrissie, dirigiéndose a la puerta.

Sus guardaespaldas, que deambulaban por el pasillo como padres preocupados después de escuchar ruido de platos rotos, pasaron a su lado a toda prisa para comprobar que su precioso jefe, el rey, estaba sano y salvo. El rey, pensó, incrédula. Que el padre de Jaul fuese un rey siempre le había parecido algo irreal y que lo fuese él... era increíble.

Un criado le abrió la puerta, claramente deseando perderla de vista. Si mencionaban su nombre en la embajada de Marwan les dirían que era la loca inglesa que no dejaba de gritar y suplicar. Bueno, pues ella ya no era esa persona porque había olvidado su amor por Jaul. Cuando un hombre te dejaba tan cruelmente no había vuelta atrás y lo único que se podía hacer era olvidarlo.

Pero nada le había dolido tanto en su vida...

Chrissie se volvió para mirar con disgusto la extraña mansión. Si hubiese tenido un ladrillo a mano, lo habría lanzado contra una de las ventanas.

Jaul estaba en la puerta, apenas consciente de que sus empleados y guardaespaldas lo rodeaban, mirándolo con consternación, desesperados por saber qué había causado tal escándalo en aquella casa tan tradicional.

Y lo que Jaul hizo entonces habría dejado atónita a Chrissie.

–La señorita Whitaker es mi mujer... la reina de Marwan –anunció con seca dignidad, ignorando las expresiones de sorpresa y horror en todos los rostros.

Chrissie volvió a casa de su hermana y lloró de nuevo, las lágrimas rodaban por su rostro mientras Tarif la miraba con los ojos de su padre.

Lizzie no sabía qué hacer.

–No puede haber ido tan mal –insistió–. ¿Ha pedido una prueba de ADN o algo así para demostrar que los niños son hijos suyos?

–No, nada de eso –Chrissie sacudió la cabeza–. Le grité y le tiré cosas mientras él se quedaba inmóvil como una estatua –tuvo que confesar amargamente–. Pero no he sentido ninguna satisfacción. La verdad es que quería matarlo.

Su hermana se puso pálida.

–Seguro que todo se arreglará tarde o temprano. Ahora mismo, Jaul debe de estar sorprendido...

–¿Por qué va a estar sorprendido?

–Acaba de descubrir que es padre de dos niños...

–Da igual, le odio. Esta noche voy a salir con Sofia y Maurizia y pienso pasármelo bien –Chrissie se levantó del sofá–. Hace siglos que no salgo. ¡Jaul me ha robado hasta eso!

Lizzie sabía que era verdad, pero le pareció más sensato no decir nada. El embarazo no había sido fácil y Chrissie no había podido salir con sus amigas ni disfrutar de la vida. Su hermana había tenido que crecer a toda velocidad y enfrentarse con el desamor y la traición en un momento en el que las mujeres se sentían más vulnerables que nunca. Además, había conseguido establecerse como profesora y eso era algo que a ella la hacía sentir muy orgullosa.

Sería difícil saber quién se quedó más sorprendido cuando Jaul apareció en casa de Lizzie y Cesare esa noche.

Lizzie corrió a llamar a su marido, pensando que Cesare sería más diplomático que ella, forzada a lidiar con el canalla que se había casado con su hermana para después dejarla sin decir una palabra.

–Me gustaría ver a Chrissie –anunció Jaul, aparentemente tranquilo.

–Desgraciadamente, eso no es posible –respondió Cesare–. Ha salido...

–¿Ha salido? –repitió Jaul, sorprendido.

–A tomar una copa con sus amigas –explicó Lizzie, sabiendo que eso le molestaría.

–Entonces, me gustaría ver a mis hijos –el tono de Jaul era tan frío que Lizzie entendió lo que su hermana había querido decir cuando mencionó una estatua de piedra.

Cesare suspiró.

–Me temo que eso tampoco es posible. No puedo dejar que vea a los niños sin el permiso de su madre.

Los ojos de Jaul echaban fuego.

–Son mis hijos.

–Pero no es eso lo que dicen las partidas de nacimiento, ¿verdad? –intervino Lizzie, satisfecha–. Lo lamento, pero tendrá que volver mañana, cuando Chrissie esté aquí.

–¿Dónde ha ido... de copas? –preguntó Jaul, con gesto de reproche.

Y, para enfado de Lizzie, Cesare le dio una información que ella habría ocultado.

–¿Por qué se lo has dicho? –exclamó cuando Jaul desapareció en su brillante limusina, adornada con la banderita de Marwan.

Cesare lanzó entonces sobre ella una mirada que la desconcertó.

–Es el marido de Chrissie.

–¡Pero ella le odia!

–Nosotros no debemos intervenir. Convertirnos en el enemigo no va a ayudar ni a Chrissie ni a los niños, *cara mia* –razonó.

Escoltado a la zona VIP de una exclusiva discoteca, Jaul estaba inquieto. Aunque sus guardaespaldas parecían muy animados, notó, burlón. Su equipo de seguridad estaba encantado en aquel sitio que su padre habría descrito como «un antro de iniquidad occidental». Estaba en el primer piso, mirando la pista de baile llena de chicas con minifalda, pero no veía a Chrissie por ningún lado.

La familia de Chrissie parecía desconfiar de él y, después del caos que su padre había creado, no le sorprendía. Aun así, tan seco recibimiento hería su orgullo y su sentido del honor porque en sus veintiocho años de vida jamás le había dado la espalda a una responsabilidad. Con la excepción de Chrissie, tuvo que reconocer amargamente. Pensando en las razones por las que eso había ocurrido maldecía su orgullo y vanidad por no haber hecho averiguaciones, por no comprobar lo que su padre le había contado.

Sin embargo, jamás se le hubiera ocurrido dudar de su padre, con el que siempre había tenido una estrecha relación. Un hombre que sufría cuando su hijo sucumbía a la menor enfermedad infantil no era un hombre que inspirase desconfianza.

Jaul intentó apartar de sí esos recuerdos, lamentando la muerte de su padre y sintiéndose desleal por las dudas que Chrissie había despertado en él.

Se preguntaba si Chrissie iría a menudo a ese tipo de discotecas. No era asunto suyo, pero un absurdo sentimiento posesivo luchaba contra esa racional convicción. Aunque empezaba a cuestionarse si era sensato haber ido a buscarla.

Había actuado por impulso, enfadado, algo que rara vez solía llevar a una conclusión satisfactoria. Pero cuando estaba a punto de marcharse la vio, una figura brillante con un vestido corto de color fucsia, acompañada por otras dos chicas jóvenes. Se estaba riendo, encantada de la vida, pensó, apretando los dientes.

Agradeciendo haber intercambiado números de teléfono, le envió un mensaje y, desde arriba, vio que se quedaba inmóvil, seria, con los hombros tensos mientras lo leía. Evidentemente, su presencia era tan bienvenida en la discoteca como la de un gorila.

Enfadado, Jaul llamó al camarero para pedir champán y algo de comer. Le gustase o no, tenían que hablar.

Chrissie se enfureció al leer el mensaje de texto: *Por favor, reúnete conmigo en la sección VIP.*

Su única noche de fiesta en muchos meses y Jaul tenía que arruinarla recordándole que no era tan libre como las jóvenes que la rodeaban. De repente, deseó haber ido con algún amigo en lugar de con las hermanas de Cesare, que se mostraron encantadas al ser invitadas a la sección VIP.

Pero no, le gustase o no, era la mujer de Jaul y la madre de sus hijos y pedirle que la dejase en paz no serviría de nada porque Jaul era obstinado y no paraba hasta conseguir lo que quería.

Una vez lo había creído bueno, honesto, una persona en la que podía confiar. Había adorado el suelo que pisaba y recordarlo en ese momento la hacía sentir náuseas. Pero, siendo justa, la noche que su relación de amistad se había convertido en algo más, Jaul se había portado como una persona decente.

Por fin, Chrissie había empezado a salir con un chico mientras intentaba olvidar su atracción por el príncipe árabe. Adrian era un tipo rubio de ojos azules, deportista y tan diferente de Jaul como el día y la noche. Había salido con él varias veces al cine o a tomar café, diciéndole que no cuando quería ir más allá. Entonces tenía un complejo con el sexo y no sabía y le daba igual si se le pasaría o no porque provenía de algo sórdido que la había asustado cuando era niña. Algo que nunca le había contado a nadie, ni siquiera a Lizzie.

Una noche, Adrian la llevó a una fiesta en una casa llena de gente y, en algún momento, Chrissie perdió el conocimiento. Sospechaba que Adrian le había echado algo en el refresco y había sido Jaul quien la encontró tumbada en un sofá, inconsciente. Jaul sabía que, como él, ella no probaba el alcohol y le había dado un puñetazo a Adrian cuando intentó evitar que se la llevara de la fiesta.

Chrissie no recordaba el resto de la noche, solo que se despertó a la mañana siguiente en el apartamento de Jaul. Y, por primera vez, había visto otra cara del príncipe árabe. Jaul no se había aprovechado de ella; al contrario, la había protegido de lo que podría haber sido algo terrible y Chrissie se dio cuenta de que era mucho más maduro y decente que los jóvenes con los que solía relacionarse. Todos sus prejuicios contra él habían desaparecido a partir de ese momento.

–Yo nunca te haría daño –le había dicho Jaul.

Pero esa había sido la mayor de las mentiras. Chrissie estaba tan enfadada con él... seguía enfadada con él, pero ¿para qué después de dos años?

Su matrimonio estaba muerto, ese era el resultado. Debería olvidarlo, se dijo a sí misma, divorciarse de él y seguir adelante con su vida. Los abogados se verían al día siguiente y el proceso de divorcio terminaría en unas semanas.

Chrissie se dejó caer sobre un sofá, frente a Jaul, preguntándose por qué sus guardaespaldas le hacían reverencias como si fuera un miembro de la familia real. Buscó algún rostro familiar entre ellos, pero los hombres que lo protegían en la universidad no estaban allí.

Jaul iba vestido de manera informal, con vaqueros y camisa blanca, demostrando que la entrada en la exclusiva discoteca dependía más de quién eras que de tu atuendo. La camisa blanca en contraste con su piel morena era llamativa y sintió un estremecimiento cuando sus miradas se encontraron. Era guapísimo, no tenía sentido negarlo, pensó, admirando las masculinàs facciones mientras intentaba no preguntarse con quién iba a casarse.

Ella no era tonta. Después de todo, era por eso por lo que Jaul estaba en Londres y por lo que quería un divorcio rápido. Mientras planeaba casarse con la esposa número dos, había descubierto que seguía casado con la esposa número uno. Qué inconveniente, pensó, irónica, mientras Sofia y Maurizia miraban a Jaul boquiabiertas.

–Espero que mi llegada no te haya estropeado la noche –comentó él, intentando no reaccionar ante las perfectas piernas cruzadas y los pies, que había besado tantas veces, dentro de unos zapatos de tacón de color rosa.

Con dificultad, apartó la atención de esas piernas para mirar el hermoso rostro que conocía tan bien, intentando contener una oleada de deseo que lo incomodaba.

–No, claro que no –mintió Chrissie, inclinando a un lado la cabeza, con el pelo cayendo sobre sus hombros como una cascada de seda–. Me imagino que querías verme para algo.

Jaul le confesó que había ido a casa de su hermana y su cuñado esperando ver a los niños.

–¿Quieres ver a Tarif y Soraya? –preguntó ella, desconcertada.

Jaul enarcó una fina ceja.

–¿Eso te sorprende?

Chrissie se puso colorada. Le había dicho que tenía dos hijos, era lógico que sintiera curiosidad. Pensar que sencillamente aceptaría la noticia y se daría la vuelta había sido una tontería, tuvo que admitir.

–Podría llevarlos a tu casa mañana por la mañana –sugirió, dispuesta a mostrarse civilizada–. Antes de que aparezcan los abogados...

–¿Los abogados? –repitió Jaul, como si no supiera de qué estaba hablando.

–Para la reunión sobre el divorcio –Chrissie bajó la voz, señalando a los guardaespaldas, que no dejaban de mirarla como halcones desde que apareció.

Jaul reconocía las restricciones del sitio en el que estaban y maldijo su incapacidad para hablar con franqueza. En fin, al menos estaba hablando y no gritando o tirándole cosas a la cabeza.

–Los abogados de Cesare lo solucionarán todo –dijo ella, intentando restarle importancia al asunto–. Mi cuñado dice que han tenido casos mucho más complejos que este.

Jaul miró su mano izquierda.

–¿Qué has hecho con el anillo que te regalé? –le preguntó.

–Está en la caja fuerte de Cesare. Lo he guardado para Soraya –respondió ella, para que supiera que no lo había guardado por razones sentimentales.

–Y los niños tienen nombres árabes...

–Pensé que era lo más lógico, parte de su herencia –dijo Chrissie.

–El nombre de mi abuelo era Tarif.

–Es una coincidencia –mintió Chrissie, que había llamado así a Tarif por su abuelo, pensando que el niño tenía derecho a usar un nombre de la familia real de Marwan–. No se me habría ocurrido ponerle el nombre de alguien de tu familia.

Jaul, con una disciplina entrenada durante largos meses postrado en una cama de hospital y más tiempo aún de dura rehabilitación, logró contener la rabia ante ese desaire.

Chrissie lo odiaba, su mujer lo odiaba. Podía ver la

animosidad bajo esa nueva fachada de calma, podía ver el brillo evasivo de sus preciosos ojos.

Él era el responsable de aquella horrible situación, decidió. Dos años antes había sido un joven inmaduro, impaciente y temerario. Había tomado lo que quería sin dudarlo y sin pensar en el riesgo o las consecuencias...

Capítulo 5

SON preciosos –murmuró Lizzie, mirando a los mellizos con sus mejores trajes de calle–. Jaul se enamorará de ellos en cuanto los vea.

Chrissie arrugó la nariz.

–Espero que no, porque no va a verlos mucho. Al fin y al cabo, él vive en Marwan y yo en Londres. No esperará que los meta en un avión para que vayan a visitarlo cuando a él le apetezca, ¿verdad?

Su hermana respiró profundamente.

–Chrissie... sé que será difícil, pero deberías querer que Jaul se interesase por sus hijos, por incómodo que sea para ti. Que hubiera un padre en sus vidas sería muy bueno para los niños.

Comprendiendo que estaba en un error, Chrissie subió a la limusina que Jaul había insistido en enviar, aunque desconcertada al ver a los guardaespaldas.

Sabía que Lizzie tenía razón, pero la idea de compartir a sus mellizos con Jaul la asustaba. Él era el hombre al que una vez había amado sin medida y pensar que su segunda esposa cuidaría de ellos en Marwan la dejaba paralizada de horror. Pero así era la vida y lo ideal era que todos se portasen de forma civilizada a pesar de la amargura, se recordó a sí misma.

Otras personas podían soportarlo y ella tendría que aprender a hacerlo. Aun así, no podía dejar de pensar que todo habría sido más fácil si Jaul nunca hubiese ido a Londres y nunca hubiera sabido que tenía dos hijos.

Las puertas de la mansión se abrieron y, cuando Chrissie, con Tarif en brazos, intentaba sacar a Soraya del coche, una mujer con uniforme salió corriendo para ofrecer su ayuda.

—Soy Jane —anunció—. Su marido me envía para ayudarla.

A Chrissie no le sorprendió que Jaul fuese demasiado orgulloso como para salir a ayudarla personalmente. Entraron en el vestíbulo y luego en el feo salón, donde la niñera depositó a Soraya en una gruesa alfombra cubierta de juguetes nuevos y le preguntó si necesitaba alguna cosa más.

—No, gracias. He traído todo lo que necesito —respondió ella, dejando la bolsa en uno de los sofás de madera y preguntándose dónde estaría Jaul.

Pero cuando levantó la mirada él estaba en la puerta, con unos vaqueros negros de diseño y una camiseta de color rojo oscuro. Parecía un modelo, pensó, desde los altos pómulos al atlético cuerpo. Pensar en eso hizo que sintiera un olvidado calor entre las piernas, despertando recuerdos de una intimidad que ya no era parte de su vida.

—Lo siento, estaba hablando por teléfono —Jaul dio un paso adelante y se detuvo para mirar a los niños con curiosidad—. Yo no sé nada de niños, por eso he contratado a una niñera.

—Pero me imagino que habrás estado con niños alguna vez.

—No hay niños en mi familia... bueno, en realidad, ya no tengo familia —le recordó él. Y era cierto, porque no tenía hermanos y su padre había sido hijo único, de modo que tampoco había tíos ni primos.

–Tarif y Soraya son tu familia ahora –dijo Chrissie. Enseguida se preguntó por qué lo había dicho, pero había algo extrañamente enternecedor en esa confesión–. Ponte de rodillas en la alfombra, ellos irán a ti.

–¿Ya saben andar? –Jaul se quedó en silencio cuando Tarif fue gateando hacia él y se sentó en sus rodillas como si lo hiciese todos los días.

–No, solo gatean –respondió Chrissie. Soraya vio a su hermano recibiendo la atención del extraño y gateó en la misma dirección–. A veces se apoyan en algún mueble y consiguen levantarse... Tarif más que Soraya.

Jaul acarició el pelo negro de su hijo con manos temblorosas.

Tarif y Soraya, sus hijos. Aún no podía creerlo.

–Por la noche que fueron concebidos... te doy las gracias –dijo con voz ronca.

Chrissie sintió que le ardía la cara al recordar esa noche. Se habían quedado sin preservativos y Jaul quería enviar a un empleado a comprarlos, pero ella se había negado, avergonzada y enfadada porque no parecía dispuesto a hacerlo personalmente. De modo que se habían arriesgado y el resultado eran los mellizos.

Su expresión de gratitud en aquel momento, sin embargo, la sorprendió por inesperada.

Poco a poco, Jaul empezó a relajarse. Los mellizos respondían a sus juegos con sonrisas y risas encantadoras, metiéndose todo en la boca.

–Son maravillosos –murmuró.

–Sí, es verdad –asintió Chrissie–. Claro que la mayoría de los padres piensan que sus hijos son maravillosos.

En realidad, agradecía ese momento de tranquilidad. La presencia de los niños hacía que la hostilidad y la tensión se esfumasen.

–Ahora tienen que dormir un poco –anunció una hora después, incorporándose.

Jaul pulsó un botón en la pared.

–Hay cunas arriba para ellos. Jane vendrá enseguida.

–Pero yo pensaba llevarlos a casa...

–Tenemos que hablar y podemos hacerlo mientras los niños duermen –dijo él, como si no tuviera importancia.

Chrissie no tenía intención de hablar. En su opinión, era mucho mejor dejar que los abogados se encargasen de todo y que la disolución de su tristemente corto matrimonio fuera algo impersonal. Por otro lado, tampoco quería ser poco razonable y tal vez Jaul esperaba volver a jugar con ellos cuando hubiesen dormido la siesta, de modo que subió la escalera detrás de Jane, cada una con un niño en brazos.

La enorme habitación llena de juguetes recién comprados no le sorprendió porque sabía que Jaul podía conseguir cualquier cosa en unas horas, pero tuvo que sonreír, contenta, por su buena predisposición.

Cuando Tarif y Soraya estuvieron en sus cunas, Chrissie volvió a bajar al salón. Jaul estaba sentado en un sofá, con una bandeja de café sobre la mesa.

–Eres un hombre valiente –comentó, pensando en el azucarero y la jarrita de leche que le había tirado en su anterior visita.

–Tú no podrías golpear una pared a dos metros –Jaul sonrió, esa sonrisa le hizo recordar al joven alegre con el que se había casado.

–Estamos siendo muy civilizados –bromeó Chrissie

mientras servía el café y le ofrecía un pastelito como una perfecta anfitriona.

Él se levantó entonces para acercarse a la ventana.

–Tal vez deberías dejar la taza sobre la mesa –le aconsejó–, porque no quiero el divorcio.

Los ojos de color turquesa se abrieron de par en par y la taza tembló en sus manos.

–¿Perdona?

Jaul respiró profundamente, su ancho torso se hinchió bajo la camiseta.

–Si los niños van a ocupar su sitio en la familia real de Marwan no puedo darte el divorcio –empezó a decir–. Si aparezco en Marwan con una esposa y dos hijos la gente lo entenderá porque los prejuicios de mi padre contra las mujeres occidentales eran bien conocidos. Pero, por la familia y por mi país, no puedo divorciarme inmediatamente.

Chrissie tuvo que contener el deseo de ponerse a gritar. Era como si estuvieran programados para enfurecerse el uno al otro. No había podido conciliar el sueño la noche anterior, recordando cómo tontamente había amenazado con ponérselo difícil cuando lo más sensato hubiera sido aceptar un divorcio rápido y seguir adelante con su vida. ¿Por qué querría prolongar el proceso y estar ni casada ni soltera solo por irritar a Jaul? Al final, había decidido que un divorcio rápido sería lo mejor para los dos, sobre todo si iba a tener que compartir a los niños con él.

–Lo siento –dijo Chrissie–. Pero yo sí quiero el divorcio y puedo hacerlo quieras tú o no. Me temo que yo no le debo nada a tu país...

Jaul hizo un gesto con la mano.

–Tal vez me he explicado mal. Te estoy pidiendo que le demos otra oportunidad a nuestro matrimonio.

Chrissie dejó la taza sobre la mesa y se levantó de un salto.

–No –anunció, negándose a pensar siquiera en tal sugerencia–. Tú me arruinaste la vida y quiero recuperar mi independencia.

–¿A costa de tus hijos?

–No es justo que me hagas esa pregunta. He hecho todo lo que he podido para ser una buena madre...

–Tarif es el heredero al trono de Marwan y debo llevarlo a mi país –murmuró Jaul–. No quiero separarlo de ti o de su hermana, pero es mi deber criarlo como mi heredero...

Chrissie palideció. Estaba hablando de llevarse a Tarif a Marwan como si fuese algo acordado, indiscutible. ¿Creía tener derecho a hacerlo? ¿Lo tendría?

–No puedo creer que digas eso. Me estás pidiendo que le demos otra oportunidad a nuestro matrimonio porque quieres a los niños, no a mí...

–No digas tonterías –la interrumpió Jaul, irónico–. Te he deseado desde que volví a verte. Eres como mi atracción fatal en la vida y sospecho que a ti te pasa lo mismo.

–¿Qué quieres decir con eso? –exclamó Chrissie, airada, sus pechos subían y bajaban agitadamente bajo la camisa.

–Tú también me deseas –dijo Jaul, clavando sus ojos dorados en ella–. Me deseas tanto que te reconcome por dentro y a mí me pasa lo mismo...

–¡Esa es la tontería más grande que he escuchado nunca! –exclamó Chrissie.

–¿Quieres que te lo demuestre? –Jaul dio un paso adelante, con un brillo amenazador en los ojos.

–No podrías demostrarlo porque no es verdad –re-

68

plicó ella–. Me he olvidado de ti, he seguido adelante con mi vida...

–¿En qué sentido? –demandó Jaul.

Chrissie estaba furiosa. Que apareciese de nuevo diciendo lo que «él» quería hacer, lo que «él» debía hacer... sus necesidades siempre por delante de los demás.

–He estado con otros hombres –mintió, sabiendo lo posesivo que era, lo abrumadora que podía ser su pasión y cuánto le dolería saber eso.

–Ya me lo imaginaba. No tenías que decirlo...

–Tú me has preguntado –le recordó ella. Al ver que palidecía se sintió mal, pero le parecía importante abrir una brecha entre ellos, demostrar que se había olvidado de él y de lo que una vez habían compartido–. Así que ya ves, no te deseo como antes.

Cuando los ojos dorados se clavaron en ella, Chrissie sintió que su cuerpo reaccionaba como siempre con Jaul. Sus pechos se hincharon bajo el sujetador que, de repente, le parecía demasiado ajustado, y sus pezones se clavaban en la tela.

–¿Y estás segura de eso al cien por cien? –Jaul dio otro paso adelante–. ¿Tan segura que no vas a darme una oportunidad?

Chrissie tuvo que hacer un esfuerzo para respirar. La tensión se había vuelto sofocante porque Jaul estaba furioso y cuando lo estaba era más peligroso que ella.

–Sí, estoy segura –respondió, obstinadamente.

–Estás mintiendo –replicó él–. ¡Me mientes a mí y te mientes a ti misma! Ya hemos pasado por esto antes...

–No sé de qué hablas.

–Claro que lo sabes, *habibti* –la contradijo Jaul–. Estoy hablando de los meses que me hiciste esperar.

–Yo no te pedí que esperases...

–Le diste la espalda a la atracción que había entre nosotros porque te negabas a reconocerla.

–Pensaba que tú no eras mi tipo de hombre... ah, vaya, y resulta que tenía razón –dijo Chrissie, irónica.

–Déjalo ya –Jaul la tomó por los brazos, atrayéndola hacia él.

–¡Suéltame ahora mismo! –gritó Chrissie, furiosa–. ¡Vamos a divorciarnos y no tienes ningún derecho a tocarme!

–Sigues siendo mi mujer.

–Eso da igual, no tienes ningún derecho a tocarme –le advirtió ella... un segundo antes de que la cálida, húmeda y crudamente sexual boca de Jaul aplastase la suya en una tremenda e inesperada colisión.

Durante un segundo, Chrissie imaginó haber visto una lluvia de chispas. Un beso de Jaul era tan abrumador como subir a un cohete espacial y siempre había sido así. Su cuerpo gemía como un motor arrancando después de haber estado mucho tiempo apagado, sus pezones se levantaban hacia él, su pelvis se convertía en un río de lava...

Su reacción fue tan poderosa que la sorprendió. Sin darse cuenta, levantó las manos para sujetarlo, con todas las células de su cuerpo encendidas.

Se había dicho a sí misma que no sería así si volviese a tocarlo. Se había dicho a sí misma que la pasión que recordaba era el resultado de una juvenil atracción, exagerada porque, en el fondo, no quería olvidar el ardiente romance que había resultado en desastre. Pero se había mentido a sí misma y descubrir que Jaul aún podía encenderla con un beso era aterrador.

Intentando encontrar aliento, miró esos ojos oscuros y brillantes como una noche estrellada y, durante un segundo de locura, pensó que le gustaría ahogarse en ellos y dar marcha atrás en el tiempo. Suspirando, apoyó la mejilla sobre su ancho hombro, respirando como una adicta ese aroma tan familiar. Jaul era como una droga contra la que no podía luchar.

–¿Jaul?

–Dame tu boca otra vez –susurró él.

Eso no iba a resolver nada y ella lo sabía, pero aun así echó la cabeza hacia atrás, como una muñeca sin voluntad, y Jaul la besó profundamente, haciendo que se olvidase de todo y se perdiera en un momento de fantasía. Había pasado tanto tiempo... demasiado tiempo desde la última vez que la besó.

Un beso no era nada, pero Jaul besaba tan bien... sus besos eran tan perversamente eróticos que deberían ser embotellados y vendidos al precio del petróleo.

Él la tomó en brazos, con esa potencia masculina que una vez la había emocionado, y Chrissie enredó las piernas en su cintura mientras subían por la escalera. Jaul besaba su cuello donde latía el pulso, en esa zona tan sensible, y todo su cuerpo vibraba como un diapasón, buscando avariciosamente cada sensación, bebiéndosela.

Chrissie cerró los ojos, como si al no verlo no contase. Aquello no era lo que quería, pero... oh, cuánto lo deseaba. El deseo loco, frenético, latía en ella como un pulso imparable y hundió la cara en su hombro, desolada por su propia debilidad.

–No puedo hacer esto... no puedo –susurró.

Jaul buscó su boca de nuevo en un beso devastador.

–Sí puedes porque en tu corazón sabes que nunca volveré a hacerte daño.

–No es tan sencillo...

–Es tan sencillo como tú quieras que sea –dijo él, acariciándola con su aliento.

Pero nada era sencillo con Jaul, recordó Chrissie. Era demasiado astuto, demasiado complicado, mientras que ella era una persona directa y sincera.

Entraron en una habitación y Jaul volvió a besarla apoyándose en la puerta, un beso carnal que la envolvió como una ola irresistible, borrando cualquier otro pensamiento.

De repente, estaba tumbada sobre algo blando, con Jaul sobre ella quitándose la camiseta. Chrissie admiró los pectorales morenos, los abdominales marcados como una tabla de lavar. Ver ese hermoso cuerpo otra vez era una tentación demasiado grande y, de repente, sus manos se levantaron como por voluntad propia para acariciar su torso hasta el vello que se perdía bajo la cinturilla del pantalón.

El deseo la quemaba como algo extraño y familiar a la vez, controlándola, silenciándola, aumentando la pasión hasta un nivel peligroso. No podía hacer el amor con él, no debería, pero el anhelo era irresistible.

Jaul se colocó sobre ella, ardiente y medio desnudo, para quitarle la camisa y el sujetador, acariciando sus pechos, rozando los pezones con los dedos y tirando de ellos antes de envolverlos con sus labios.

Chrissie arqueó la espalda, el deseo la hacía temblar de arriba abajo. Una dulce sensación la envolvía con cada roce de su lengua y cuando la besó de nuevo enredó los dedos en su negro pelo, perdida en un placer que había anhelado durante demasiado tiempo.

Dejó escapar un gemido mientras él le quitaba las braguitas y acariciaba la hinchada carne entre sus muslos. Cuando introdujo un dedo en su húmeda cueva gritó, tan excitada, tan preparada, más sensible que nunca.

–No esperes más –se oyó decir a sí misma, deseando, necesitando, anticipando.

Pero Jaul nunca había sido un hombre dado a seguir instrucciones en la cama y acarició todas sus zonas erógenas, una por una, haciéndola gemir, levantar las caderas y mover las piernas en un intento desesperado de encontrar la liberación. Había perdido el control, él se lo había arrebatado.

Cuando Jaul se deslizó hacia abajo para acariciarla con la lengua, Chrissie estaba esclavizada por el lascivo deseo que latía dentro de ella hasta que se convulsionó en un fiero clímax, oleada tras oleada de intenso placer sacudiendo su cuerpo.

–Esto es solo para empezar –susurró Jaul con inolvidable seguridad, sus ojos brillaban como estanques dorados de deseo mientras lo que quedaba de su ropa salía volando por la habitación.

Rasgó un envoltorio con los dientes y se colocó sobre ella, en sus ojos relucía la promesa del placer extravagante que había aprendido a esperar de él.

«No estoy haciendo esto, no estoy haciendo esto de verdad», razonaba Chrissie locamente, embriagada por la gratificación física que se había negado a sí misma durante tanto tiempo.

Cuando se deslizó en su húmeda cueva, ensanchándola antes de hundirse profundamente en ella con una embestida, Chrissie levantó las caderas para recibirlo. La pasión se había apoderado de ella y el choque de sus cuerpos provocaba deliciosas sensaciones eróticas.

El ritmo, los jadeos, el cegador calor de la pasión...

Chrissie estaba perdida, sin defensas, buscando desesperadamente llegar a la cima con cada sollozo, cada gemido, cada aliento. Y entonces, una aterradora embestida la llevó a un éxtasis tan potente como una carga explosiva y gritó mientras el voluptuoso e increíble placer le hacía perder la razón.

Después, Chrissie no sabía bien dónde estaba porque Jaul seguía apretándola contra su pecho y eso le parecía a la vez tan familiar y tan extraño que no sabía cómo reaccionar.

Se quedó inmóvil, respirando apenas, incómoda y sorprendida. A punto de divorciarse, se había acostado con él otra vez. La humillación hizo que se apartase en silencio hacia el otro lado de la cama.

Jaul entendió el mensaje y se levantó.

–Nada ha cambiado entre nosotros –anunció mientras se estiraba frente a la ventana.

Que fuese de día y que sus inocentes hijos estuvieran durmiendo en algún lugar de la enorme mansión hizo que Chrissie se sintiera aún más culpable y angustiada. En ese tormento de emociones casi no notó la cicatriz de la espalda de Jaul mientras se dirigía a lo que supuso sería el cuarto de baño. Pero la larga línea estriada en su espina dorsal hizo que frunciese el ceño, olvidando por un momento las demás preocupaciones.

–¿Cómo te hiciste esa cicatriz en la espalda?

–Un accidente de coche –respondió él, sin dar más explicaciones.

Mientras miraba ese perfil desnudo y hermoso, Chrissie se preguntó si siempre habría tenido la cicatriz y ella no se había dado cuenta. ¿Nunca se había fijado en su espalda?, se preguntó a sí misma, burlona, olvidando la momentánea preocupación para dejar

que otros sentimientos de confusión y odio la envol-
viesen.

–Sigo queriendo el divorcio –anunció.

Jaul apretó los labios.

–Hablaremos de ello después de que me haya du-
chado.

–Muy bien.

Deseando olvidar lo que había pasado unos minutos antes, Chrissie quería hacer lo mismo y lo antes
posible.

–Hay una ducha en la habitación contigua –dijo
Jaul–. La usaré yo.

–Tus guardaespaldas no estarán al otro lado de la
puerta, ¿verdad?

–No, estarán abajo –Jaul la miró con sus perceptivos
ojos oscuros–. No es asunto suyo controlar o discutir
mi vida privada y ellos lo saben muy bien.

Chrissie se puso colorada hasta la raíz del pelo.

–Yo usaré la otra ducha –dijo en voz baja.

–Estamos casados, no hay nada de qué avergon-
zarse –murmuró él para tranquilizarla.

Cuando entró en el baño, liberándola de esa extraña
parálisis, Chrissie saltó de la cama para ponerse la
ropa a toda prisa e ir literalmente de puntillas hasta el
baño de la otra habitación. Pero ducharse no hizo que
se sintiera mejor. Después de insistir en que quería el
divorcio había caído en la cama con él otra vez y Jaul
pensaba que la tenía donde la quería. Y no era de ex-
trañar, claro.

Estaba convencida de que todo había sido deliberado por su parte. Jaul conocía bien a las mujeres y no
era tonto cuando se trataba de algo que le interesaba.
Su pasión era irresistible, pero sabía muy bien que ella
se sentiría atormentada por lo que acababa de pasar

entre ellos y probablemente estaría satisfecho porque había demostrado que tenía razón, que seguía deseándolo de la manera más básica y primitiva.

Cuando conoció a Jaul era un predador sexual, encantado de aprovecharse de las chicas más dispuestas, aunque no se había portado así con ella. De hecho, aunque habían llegado a alturas increíbles de intimidad, se había casado con ella sin haber hecho el amor. Chrissie creía que estaba más anclado en su cultura de lo que decía y se había preguntado muchas veces si habría conseguido el interés de Jaul sencillamente por decir «no» durante tanto tiempo, adquiriendo el valor de un reto y un trofeo que merecía la pena.

¿Explicaba eso por qué el heredero al trono de un país rico en petróleo había pensado que una chica de Yorkshire era tan especial como para casarse con ella? Pero ¿había esperado Jaul que fuese un matrimonio permanente o esa nunca fue su intención?

Pero eso había ocurrido mucho tiempo atrás y lo había superado, se recordó a sí misma mientras volvía a vestirse. No, no había superado a Jaul tanto como creía, le dijo una deprimente vocecita interior. Él pensaría que había vuelto a conquistarla, que volvería a ser su esposa porque haberse acostado con él otra vez significaba que era suya.

¿Y quién sería la culpable de que pensara eso? Chrissie echaba humo al pensar en lo insensata que había sido. El deseo la había abrumado. Era una falacia creer que solo los hombres podían reaccionar así, pensó con tristeza; una tontería suponer que una mujer no sentía lo mismo. Ella nunca había estado con nadie más que Jaul, pero había aprendido mucho sobre ese lado de su naturaleza en el poco tiempo que estuvieron juntos y sabía que era una mujer apasionada. Y la única razón por la que no había vuelto a acostarse con nadie desde entonces era que aún no había conocido a ningún hombre que la excitase tanto como Jaul.

Después de ducharse, Jaul se secó con expresión pensativa, intentando decidir si había cometido un grave error o había hecho lo que debía. Chrissie era obstinada y rencorosa. ¿Tenía una auténtica razón para sentirse así?

Se negaba a creer que su difunto padre le hubiese mentido, de modo que no tenía sentido hacer averiguaciones en la embajada. Tal investigación sobre el comportamiento del rey Lut sería desleal y, además, desataría desagradables y dañinos rumores.

Con el rostro ensombrecido ante tal idea, Jaul masculló una palabrota. Tenía esposa y dos hijos. Desconocía ambas cosas hasta un día antes, pero la realidad era que tenía que vivir con su mujer y sus hijos en el presente y no en el pasado, recordando temas dolorosos que solo despertaban ira y amargura en los dos.

Chrissie había aceptado el dinero y había desaparecido. ¿Seguía odiándola por eso aun sabiendo que estaba embarazada y necesitaba ayuda económica? Chrissie era más joven que él, menos madura y, de repente, se había encontrado sola y embarazada. Una mujer más egoísta podría haber abortado en lugar de criar sola a dos hijos que no había planeado concebir y, le gustase o no, el destino había hecho que él la defraudase no estando a su lado cuando más lo necesitaba.

Además, pensó, sonriendo al recordarlo, el sexo entre ellos era asombroso.

Pero lo que una vez había sido la guinda del pastel,

en aquel momento era lo único que los unía, lo único que le daba esperanzas para el futuro. ¿No era por eso por lo que la había llevado a la cama? Eso y el deseo que seguía sintiendo por ella, claro.

Él no era el caballero andante de las novelas medievales que tanto le gustaban. Nunca había fingido ser perfecto, pero siempre había sabido que Chrissie quería que fuese ese caballero. La Chrissie realista se mezclaba con Chrissie, la romántica empedernida.

Pero estaba a punto de volver a convertirse en el malo, pensó, con cierta amargura. No tenía otra opción. No la había tenido desde el momento en que supo de la existencia de sus hijos.

Chrissie estaba cepillándose el pelo cuando oyó que se abría la puerta. Jaul, con vaqueros y una camiseta de color turquesa que se ajustaba de manera impresionante a su ancho torso, la miraba con una sonrisa en los labios. Ella estaba mortificada por lo que acababa de pasar y él, en cambio, tenía un aspecto irritantemente alegre.

–Pensé que deberíamos hablar aquí –dijo Jaul.

Así habría menos riesgo de que sus empleados escuchasen la conversación, pensó ella. ¿Estaba a punto de decir algo que la sacaría de sus casillas?

–Sigo queriendo el divorcio –anunció–. Lo que ha pasado ha pasado, pero no cambia nada.

Jaul clavó en ella sus ojos dorados.

–Tenemos un lazo del que podríamos partir...

–No, no lo creo –lo interrumpió ella, haciendo un gesto con la mano–. Ya lo hicimos una vez y no funcionó. No podría volver a confiar en ti y, francamente, tú querías el divorcio hasta que descubriste la existencia de Tarif. Sé que el nacimiento de Tarif cambia muchas cosas para ti, pero no para mí.

–¿Esa es tu última palabra sobre el asunto? –le preguntó Jaul, serio de repente.

Chrissie levantó la barbilla, orgullosa, negándose a sentirse humillada. Había cometido un error, pero eso no significaba que tuviese que vivir con ese error para siempre o construir el futuro a su alrededor.

–Sí, lo siento, pero así es.

–Entonces, tal vez deberías mirar esto... –Jaul sacó un documento doblado del bolsillo–. No quería verme obligado a utilizarlo. Había esperado evitarlo, pero mis abogados habrían sacado este documento –le explicó–. En cualquier caso, he cancelado esa reunión.

–¿Qué diantres es? –preguntó Chrissie, asustada.

–Es el contrato prematrimonial que firmaste antes de que nos casáramos –respondió Jaul–. Me parece que no lo leíste al completo.

Con un nudo en la garganta, Chrissie abrió el documento y vio una cláusula marcada con un asterisco rojo. La cláusula en la que aceptaba que si tuviera un hijo se vería obligada a vivir en Marwan con Jaul.

Recordaba vagamente haberla leído más de dos años antes, pero no le había dado ninguna importancia. No le había parecido relevante en ese momento. Después de todo, no planeaban tener hijos de inmediato y los problemas de custodia le habían parecido tan remotos como los Andes.

Entonces estaban locamente enamorados, o al menos ella estaba locamente enamorada de Jaul y confiaba en él. Pero había sido una ingenua y no se le había ocurrido pensar que un día, en un futuro cercano, haber aceptado esa cláusula podría ser una condena.

Capítulo 6

HABÍA intentado ser amable, pensaba Jaul, pero ser amable no valía de nada con Chrissie, que sospechaba de todos sus movimientos y parecía dispuesta a enfrentarse a él en los tribunales por la custodia de sus hijos.

Aunque posiblemente no se le daba bien ser amable, tuvo que reconocer, exasperado, porque tenía más experiencia no siéndolo. La palabra del rey era la última en cualquier disputa en Marwan, pero siempre había alguien dolido, convencido de estar siendo tratado de manera injusta o creyendo que había favoritismos. Jaul había aprendido que las negociaciones y los compromisos daban igual porque siempre había alguien insatisfecho con sus decisiones.

Chrissie estaba pálida como un cadáver mientras leía una y otra vez la cláusula del documento. Tenía el corazón encogido y no encontraba ninguna forma de luchar contra ese acuerdo que ella misma había firmado voluntariamente.

Jaul dejó escapar un largo suspiro.

—En algún momento, si sigues queriendo el divorcio...

—¡Será mejor que lo creas porque no voy a cambiar de opinión! —le espetó ella, furiosa.

—Muy bien, pero mientras tanto tendrás tu propia casa en Marwan en la que criar a los mellizos. Me temo que esa es la mejor oferta que puedo hacer si quieres recuperar tu libertad.

—¿Quieres decir que, por el momento, vivir en casas separadas está fuera de la cuestión? —sugirió Chrissie, amenazante.

—Me temo que sí. Pero al menos de ese modo retienes la custodia de nuestros hijos —dijo Jaul.

—¡Nunca han sido nuestros hijos, son míos! —exclamó Chrissie, conteniendo las lágrimas de rabia.

—Solo porque yo no sabía que fuera padre —le recordó él.

—¿Esperas que finja que seguimos siendo un matrimonio? —le preguntó mientras se dirigían a la puerta—. ¿Cómo puedes hacerme esto después de haberme abandonado durante dos años? ¿No tienes decencia ni sentido de la moral?

—Para mí no es tan sencillo.

—¿Por qué?

—Para que nuestros hijos sean aceptados en mi país estoy dispuesto a fingir que somos una pareja feliz. Es mi deber de lealtad hacia ellos —dijo Jaul—. Tarif y Soraya ocuparán su sitio en la familia real como príncipe y princesa de Marwan, esa es mi responsabilidad y la tuya.

Que le recordase sus obligaciones como madre no le gustó nada. Jaul no tenía que recordarle unas obligaciones que habían consumido su libertad durante esos dos años. Era tan injusto que la hubiese dejado para luego volver a su vida cuando le dio la gana, exigiendo que cumpliese con unas obligaciones a las que él había dado la espalda.

—¿Estás de acuerdo? —le preguntó Jaul, siguiéndola por el pasillo.

Chrissie se detuvo, pero no respondió inmediatamente. Los mellizos se habían convertido en un arma y si quería conservarlos no tenía más opción que irse a vivir a Marwan.

Por una parte, entendía la posición en la que se encontraba Jaul, por otra, lo odiaba, ya que iba a sufrir por ello. Una cosa era sorprender a la población de Marwan con un matrimonio y dos hijos, y otra muy diferente la noticia de un divorcio en Gran Bretaña y una batalla legal por la custodia de los niños, uno de ellos heredero al trono.

Por mucho que la condenase el acuerdo que había firmado dos años antes, Chrissie sabía que lucharía por sus hijos, pero una batalla en los tribunales haría daño a todos, sobre todo a los niños.

¿De verdad quería pelear por la custodia, haciendo sufrir a Lizzie y Cesare? ¿No había causado ya suficiente dolor desde que era adolescente, sin poder ayudar a Lizzie en la granja, con sus secretos y el inesperado embarazo? ¿Merecían su hermana y su cuñado tener que soportar eso? ¿No debería solucionar sus problemas ella misma? ¿No consistía en eso ser adulto?

—Chrissie... —dijo Jaul—. Necesito una respuesta.

—Lo haré porque parece que no tengo alternativa. Está claro que no puedo hacer lo que yo quiero —respondió ella—. Pero nunca te lo perdonaré.

Él la miró con los ojos velados y su hermosa boca apretada.

—Nunca has perdonado ninguno de mis errores.

Chrissie se negaba a creer que eso fuera verdad. Ella no era una persona rencorosa, ¿no? Recordó entonces su primera impresión de Jaul y el tiempo que tardó en aceptar que tal vez lo había juzgado mal. Y, de repente, sintió que le ardían las mejillas.

Recordó entonces que nunca había perdonado a su

madre por lo que le había hecho pasar y frunció el ceño, dolida. Francesca había muerto cuando ella era una niña y se había llevado a la tumba sus secretos. Chrissie tragó saliva, intentando librarse del sentimiento de culpabilidad que experimentaba cada vez que pensaba en su madre. En aquel momento era mayor, más sensata, y no juzgaba tanto a los demás, intentó razonar.

Su madre no había sido una mujer fuerte y los hombres habían abusado de ella. Su segundo marido, el último hombre de su vida, había sido el peor de todos, aprovechándose de las debilidades de Francesca, y el resultado había sido desastroso. Algún día tal vez le contaría a Lizzie la verdad sobre su madre, pero no quería compartir esa sórdida historia con Jaul.

—Creo que esta es una casa rara y horrible —comentó, mirando la enorme escalera, que le recordaba una película de terror. Solo faltaban los zombies saliendo de los sarcófagos.

—Culpa a mi abuela. Ella decoró la casa.

—¿La mujer inglesa que abandonó a tu abuelo? —preguntó Chrissie, que sabía algo sobre la antepasada británica de la familia real de Marwan—. Háblame de ella.

—¿Por qué?

—¿No estoy siguiendo sus pasos? —Chrissie deseaba hablar de cualquier cosa que no fuera el acuerdo o lo que acababa de ocurrir en la habitación.

Su extraordinaria pasión la había dejado tan dolorida que incluso caminar le resultaba incómodo. Jaul había sido tan... salvaje. Y ella había disfrutado de tan primitiva pasión, pero a partir de ese momento se vería obligada a poner su vida en manos de Jaul. Y eso era terrible.

–Espero que no sea así porque abandonó a su hijo –respondió Jaul–. Lady Sophie Gregory conoció a mi abuelo Tarif en un safari en África. Pertenecía a una excéntrica y aristocrática familia inglesa y Tarif se enamoró locamente, pero para ella no fue más que una aventura exótica, una novedad. Un par de meses viviendo en Marwan sin su corte de amigos fue demasiado para mi abuela. Se quedó allí el tiempo suficiente para tener a mi padre y volvió a Londres unas semanas después.

Chrissie sabía que estaba escuchando la versión parcial de una historia.

–¿Eso es lo que te contó tu padre?

–Sí, claro. La conocí una vez, cuando era adolescente. Estaba en París, haciendo un curso de entrenamiento para oficiales, y coincidimos en una fiesta –dijo Jaul–. Se acercó a mí y me comentó: «me han dicho que eres mi nieto. ¿Eres tan cabezota y tan estirado como tu padre?».

–Entonces es que sabía algo de su hijo –dijo Chrissie–. En otras palabras, no era tan indiferente como te habían contado. Seguramente tu abuelo no permitió que volviese a ver a tu padre. ¿No lo has pensado nunca?

Jaul no lo había pensado porque esa historia familiar había sido siempre una leyenda incontestable, un tema del que su padre se negaba a hablar.

–Había razones para la amargura.

–¿Qué razones? –Chrissie sentía cierta satisfacción al picar a Jaul, aunque solo fuera sobre la historia de su familia. ¿Por qué? Porque había vuelto a arruinar su vida. Estaba en sus manos, como sus hijos. No había lugar para malentendidos en esa cláusula del contrato prematrimonial, firmado por una chica ingenua, tan enamorada que no había previsto un futuro en el que podría tener hijos y acabar sola y abandonada. Sabía que nunca se perdonaría a sí misma por haber sido tan tonta sobre algo tan importante como el derecho a criar a sus hijos y vivir donde quisiera.

—El abandono de su esposa convirtió a Tarif en el hazmerreír de todo el país. En esos días la imagen era fundamental para un gobernante, pero no pudo hacer nada para ocultar que su mujer lo había abandonado.

—Y, sin duda, él nunca la perdonó. Por eso la castigó impidiendo que viera a su hijo y a tu padre le lavó el cerebro para que odiase y desconfiase de todas las mujeres occidentales. No olvides que lo conocí y no me quedó la menor duda de que me veía como una maldición para vuestra familia —dijo Chrissie, disgustada—. Sabiendo lo que sentía, ¿por qué te casaste conmigo? No, déjalo, no respondas. Sé por qué te casaste conmigo.

Jaul recordaba su última pelea en Oxford. Chrissie había querido que la llevase a Marwan, protestando porque él quería mantener su matrimonio en secreto y dando a entender que se avergonzaba de ella. Pero no era cierto. Él sabía que sin preparación y previo aviso su padre reaccionaría fatal y había ido a casa con la intención de darle la noticia en persona. Tristemente, sabía que debería haberlo hecho mucho antes y estaba convencido de que todo hubiera sido completamente diferente.

—Tú no sabes por qué me casé contigo, nunca has sabido lo que pensaba —replicó, frío como el hielo—. En realidad, estaba intentando protegerte, pero, desgraciadamente para los dos, me equivoqué al elegir la forma de hacerlo.

La niñera apareció entonces, acompañada por una joven vestida a la manera tradicional de Marwan, cada una con un niño en brazos.

—Tengo que irme —dijo Chrissie.

—¿Por qué?

—Por ahora me quedaré con mi familia y haré lo que tenga que hacer cuando te marches a Marwan. ¿Cuándo te irás?

—Tengo que volver en veinticuatro horas. Ya he enviado las fotos de nuestra boda en la embajada a la prensa de Marwan, así que deberías ir conmigo.

Chrissie perdió el color. ¿Solo le quedaba un día de libertad? ¿Solo un día más con su familia, saboreando su independencia?

—¿Mañana?

—Tu familia podrá visitarnos en Marwan, naturalmente. Es lo mejor para todos, Chrissie.

Ella lo pensó un momento.

—Entonces, es hora de que conozcas a mi padre —anunció con expresión irónica porque dudaba que Jaul disfrutase de la experiencia. Brian Whitaker era un hombre lleno de prejuicios contra los extranjeros, los ricos y los aristócratas, por mencionar solo algunos grupos humanos, y no era diplomático en absoluto. Jaul tendría que soportar esa reunión como ella había tenido que soportar al rey Lut—. Vendrá esta noche a visitarnos.

Mientras volvía a casa de su hermana con los mellizos, Chrissie recordaba el día que conoció al rey Lut y el horror que sintió cuando por fin entendió que aquel viejo furioso, vestido como si fuera el personaje de una película del desierto, era su suegro. Ni siquiera le había hablado en su idioma y solo se entendieron gracias a un traductor. Sabía por Jaul que su padre hablaba su idioma, pero tal vez el enfado del rey Lut ha-

bía impedido que encontrase las palabras adecuadas,
las horribles palabras que nunca había olvidado...

–No fue un matrimonio legal, de modo que es nulo.
Lo vuestro nunca debió ser más que una aventura y Jaul
quiere que lo dejes en paz –le dijo, a través del traductor–. Todo ha terminado entre vosotros ahora que está
en Marwan. No quiere que vivas en su apartamento ni
quiere volver a saber nada de ti. Por favor, no lo avergüences yendo de nuevo a la embajada. Mi hijo piensa
casarse con una mujer decente de su propia cultura, ¿y
quién se casaría con él si provocas un escándalo?

Había dicho muchas cosas más, todas en ese tono,
recordó Chrissie con tristeza, dejando claro con cada
palabra lo poco importante que era en la vida de Jaul.
Había sido una aventura sexual, nada más, una intrusa
en su apartamento, una loca que montaba escenas bo-
chornosas en la embajada; en resumen, una mujer pa-
tética que se aferraba a un hombre que ya no la quería.
Su orgullo había sido aplastado y su corazón roto porque había amado a Jaul con todo su ser.

Y, aparentemente, la vida había dado un giro de
trescientos sesenta grados porque estaba en el mismo
sitio. Sabía que Cesare y Lizzie la apoyarían si decidía
luchar contra Jaul por los niños, pero no podía dejar
de recordar que incluso Cesare le había advertido que
tuviese cuidado con Jaul porque tenía más poder e in-
fluencia que cualquier otro extranjero.

En otras palabras, incluso su poderoso y astuto cuñado dudaba de sus posibilidades de ganar una batalla
legal por la custodia de los niños.

Si se enfrentaba a Jaul en los tribunales sería una
batalla amarga, ¿y qué pasaría si perdiese la custodia
de los niños? ¿La dejaría Jaul verlos en medio de ese
conflicto?

Chrissie empezó a temblar, helada por dentro y por fuera. Tenía que ser realista. ¿No había descubierto lo que le había pasado a la abuela británica de Jaul, lady Sophie? Por lo que sabía de ella, nunca había vuelto a ver a su hijo debido a los prejuicios y la hostilidad de su marido.

Si no tenía cuidado, también ella podría acabar perdiendo a sus hijos y eso era algo que no estaba dispuesta a contemplar.

Y la idea de involucrar a Lizzie y Cesare en ese conflicto era horrible también. Lizzie estaba embarazada otra vez y lo último que necesitaba era más presión o ansiedad. Una batalla legal con un rey sería algo aterrador y atraería una publicidad que su hermana y su cuñado odiaban porque, a pesar de su dinero, eran personas muy discretas.

La prensa se haría eco tarde o temprano porque el matrimonio secreto de un rey árabe con una mujer inglesa sería noticia, pero un divorcio, una amarga batalla legal...

No, no podía exponer a su familia y a sus hijos a ese tipo de publicidad negativa. Ellos se merecían algo mejor, pensó. Después de todo, ella había decidido casarse con Jaul y debía afrontar las consecuencias. ¿Por qué iban a tener que pagar un precio los demás?

Capítulo 7

CHRISSIE, sentada al lado de Jaul en el jet privado que los llevaba a Marwan, parecía una estatua de piedra, con su esbelto cuerpo rígido, las manos colocadas sobre el regazo y los ojos velados.

Jaul apretó los labios volviendo su atención al ordenador. ¿Qué había esperado, una relajada compañera de viaje? Era más sensato concentrarse en los aspectos positivos de la situación: Chrissie estaba a bordo del avión con los niños, a punto de hacer su primera aparición pública ante el pueblo de Marwan.

El sencillo vestido azul destacaba la gracia de su figura. A la luz del sol que entraba por la ventanilla resultaba increíblemente hermosa con el pelo brillando como una cascada de plata, la piel de porcelana y los perfectos labios rosados.

Jaul recordó el sedoso roce de su pelo sobre los muslos, el erótico aliento femenino sobre su miembro, y tuvo que agarrarse a los brazos del asiento para controlarse. Apretando los dientes, se concentró en pensar en cómo reaccionaría a la petición que tenía que hacerle; una petición que debía hacer con el mayor tacto.

El silencio de Chrissie ocultaba su angustia, porque lo que quería era ponerse a gritar de frustración. Jaul la había atrapado como si fuera una presa. Dos años después de ser abandonada había aceptado el papel de esposa y madre de sus hijos, un papel que, irónicamente, una vez habría sido un sueño hecho realidad.

Se angustió al recordar a los paparazzi buscando una fotografía en el aeropuerto y el muro de seguridad que había hecho falta para controlarlos. No se le había ocurrido pensar que su matrimonio despertase tanto interés. Jaul no parecía molesto, pero ella odiaba ser el centro de atención.

En realidad, las últimas veinticuatro horas habían sido sorprendentes. Cesare y Lizzie habían reaccionado ante el anuncio de que se iba a Marwan con Jaul con menos asombro del que había esperado. Su hermana y su cuñado habían pensado que tanto Jaul como ella estaban haciendo un esfuerzo por sus hijos.

–Y, si no funciona, al menos lo habrás intentado y podrás volver a casa –había dicho la inocente Lizzie.

Pero ella sabía que «volver a casa» era una opción de la que había renegado legalmente dos años antes. Para volver a casa tendría que dejar a los niños en Marwan y eso era algo que no haría jamás.

De modo que lo había organizado todo para que llevaran sus cosas a un guardamuebles y había llamado a una agencia para alquilar su apartamento. Durante sus veinticuatro horas de libertad había ido de compras con su hermana porque necesitaría ropa más formal y seria en Marwan.

Por la noche, su padre se había reunido con ellos para cenar. Jaul había afrontado con calma las pullas de Brian Whitaker y se había reído cuando Chrissie agradeció su discreción.

–Cuando se trata de temperamento, tu padre no es ningún problema. Mi padre se ponía como loco al menos una vez a la semana. No había forma de razonar con él y a menudo decía cosas ofensivas. Por supuesto, lo habían mimado demasiado de niño y se veía a sí mismo como un gobernante todopoderoso, de modo que jamás intentó controlar su mal genio –le había confiado, sorprendiéndola con su sinceridad–. Fue un gran aprendizaje para mí, te lo aseguro.

A Chrissie no le parecía un aprendizaje, sino más bien vivir con un tirano. Recordando al hombre furioso al que había conocido brevemente una vez, tuvo que contener un escalofrío. Pero viviendo con tan intolerante e inflexible padre, la infancia de Jaul no podía haber sido tan segura y privilegiada como siempre había creído.

En fin, había tantas cosas de Jaul que no sabía...

Antes de subir al avión, había ido al salón de belleza para cortarse un poco el pelo y arreglarse las uñas; pequeños detalles para presentarse como la esposa de Jaul y la reina que la gente esperaba ver a su lado.

«¿Reina?». La mera palabra hacía que pusiera los ojos en blanco. Su relación era más bien la de un predador y su presa.

Había aceptado volver con un marido que una vez la había abandonado y que aún no le había dado ninguna explicación al respecto. ¿Cómo diantres había permitido eso? ¿Cómo había dejado que enterrase algo tan importante por temor a perder la custodia de sus hijos? ¿Y qué más cosas seguía ocultándole Jaul?

Seguramente, intentaba ocultar la verdad, razonó, pero ella no era tonta y entendía que Jaul nunca la había amado, así de sencillo. Lo único que había sentido por ella era deseo, un deseo aumentado por el tiempo que lo había hecho esperar para acostarse con ella.

¿Después de casarse habría pensado que había cometido un terrible error y que ella no era lo que esperaba de una esposa?

¿Se lo habría confesado entonces todo a su padre?
¿Por qué si no habría vuelto a Marwan? ¿Se sentiría
avergonzado de haberla tratado con tanta crueldad?
¿O de haberla dejado sin decir una sola palabra? ¿O
de que su padre hubiese intentado pagarla como si
fuese una mujerzuela? ¿Era por eso por lo que aún no
le había dado ninguna explicación sobre su comportamiento?

Chrissie estudió a su marido de soslayo. Le gustase
o no, con un traje de chaqueta gris de corte impecable
y diseño italiano, Jaul estaba absolutamente arrebata-
dor. Una sola mirada a su cuadrado mentón y los velados ojos oscuros y se le aceleró el pulso. De repente,
vio una devastadora imagen de su cuerpo desnudo sobre ella y, a pesar de su estado de ánimo, su corazón
se volvió loco y los pezones se le endurecieron bajo
el sujetador.

La magnética presencia de Jaul le provocaba esas
reacciones. La barrera de desdén que había levantado
estaba empezando a derrumbarse. Era deseo, el mismo
deseo por el que censuraba a Jaul, tuvo que reconocer
a regañadientes. Y, desgraciadamente, no era una reacción que pudiese controlar. Si no tenía cuidado, si
no levantaba la guardia, Jaul la engañaría de nuevo.

Pero ¿por qué se sentía tan ridículamente necesitada? Había vivido sin sexo durante dos años, hasta
que Jaul volvió a su vida, y de repente era como si hubiese encendido un fuego dentro de ella que no podía
apagar. Ese deseo la inquietaba y la devolvía al tiempo
en el que solo estar cerca de Jaul le provocaba una des-
carga de adrenalina, deseo y emoción incontrolables.

Pero no pensaba volver a caer tan bajo, se juró a sí
misma.

Cuando el avión empezó a hacer círculos sobre el

aeropuerto, la tensión de Chrissie era insoportable. La aprensión sobre su nueva vida en Marwan, en una cultura diferente, con un idioma que no hablaba... y, de repente, era parte de la familia real, una reina ni más ni menos.

Estaba nerviosa por los errores que, sin duda, iba a cometer. Además, seguía viéndose a sí misma como la hija de un granjero de Yorkshire, nacida en la pobreza y criada por una madre problemática. Había conseguido estudiar en la universidad y tenía un puesto de profesora, pero jamás se le habría ocurrido que un día podría ser la esposa de un rey.

Cuando estaba casada con Jaul nunca había pensado en el futuro porque siempre le había parecido algo irreal, lejano. Entonces no sabía que, aunque aparentemente sano y de aspecto juvenil, el rey Lut ya tenía más de setenta años. El hombre había sufrido un infarto y había muerto de repente, colocando a Jaul en el trono de Marwan.

—Debo decirte que la noticia de nuestro matrimonio ha sido recibida positivamente en Marwan —le informó Jaul cuando el jet empezó a moverse sobre la pista—. El palacio está lleno de felicitaciones, flores y regalos para nuestros hijos.

Chrissie se llevó una agradable sorpresa.

—Pero me imagino que a tu gente le parecerá raro que hayas tardado tanto tiempo en admitir que estás casado.

—Los prejuicios de mi padre contra las mujeres occidentales eran legendarios y la gente de mi país ha demostrado ser muy comprensiva con mi reticencia —le confió Jaul.

Jane, la niñera, abrochó los cinturones de seguridad de los mellizos, con trajecitos de encaje inglés para su primera aparición pública, cuando el piloto les avisó de que estaban a punto de aterrizar.

Chrissie intentó respirar con calma mientras pensaba en el futuro; un futuro en el que hasta ese momento había excluido a Jaul. No tenía que seguir casada con él para siempre, se recordó a sí misma. Una vez que se hubieran separado, no tendrían que vivir bajo el mismo techo, pensó, estudiando su bronceado perfil y preguntándose por qué ese pensamiento no conseguía animarla.

Cuando llegó el momento de desembarcar, Jaul tomó a Tarif en brazos.

—Quiero presumir de hijo.

—Pero si no has dejado que le hicieran fotografías en Londres —le recordó Chrissie, sorprendida.

—Eso era Londres, esto es Marwan. Nuestra gente tiene derecho a ver al niño en persona —decretó Jaul sin la menor vacilación—. Es mi heredero y un día será el rey de este país.

Había una comitiva de gente esperando para saludarlos en la pista y mucha más alrededor, detrás de unas vallas. Los guardaespaldas de Jaul formaron un círculo alrededor de la familia real mientras una banda militar tocaba el himno nacional.

Chrissie se quedó desconcertada al ver tantas cámaras de televisión. El calor era intenso, mucho más de lo que había esperado, y estaba nerviosa. Era estresante hablar y sonreír como si no pasara nada mientras fotógrafos y reporteros hacían su trabajo. Dolorosamente lento, el cortejo real llegó a la terminal, en la que por suerte había aire acondicionado.

En el interior siguieron haciendo fotografías y ser el centro de tanta atención era incómodo, pero se quedó gratamente sorprendida por el ambiente de sincera simpatía y el número de gente que hablaba su idioma.

Cuando Tarif empezó a moverse, inquieto, Jaul entendió que era hora de despedirse y, unos minutos después, eran escoltados hasta una limusina.

Chrissie estaba sorprendida por la cantidad de gente que esperaba en la calle para saludarlo. Jaul parecía ser un gobernante muy popular.

En el bulevar que recorría la limusina había edificios ultramodernos que podrían estar en cualquier ciudad de Europa, aunque también algunos minaretes y hombres con túnica que daban un toque exótico al paisaje urbano.

—¿Cómo es el palacio? —le preguntó.

—Anticuado —respondió él—. Aparte de los baños, las cocinas y las conexiones a Internet, todo es muy viejo. Han pasado varias generaciones desde que el palacio tuvo una reina que estuviese interesada en reformarlo.

—Ah, lo había olvidado.

—Puedes cambiar lo que quieras, Chrissie. A mí el alojamiento me es indiferente... a menos que sea completamente raro e incómodo como la mansión de mi abuela en Londres.

La limusina dejó atrás la ciudad para adentrarse en una carretera que bordeaba el desierto. A lo lejos, Chrissie podía ver dunas gigantes que pasaban del color miel al ocre y el naranja a medida que el sol se ocultaba en el horizonte. Poco después vio unos muros altísimos y se inclinó hacia delante, sorprendida.

—¿Ese es el palacio?

—Así es.

—Es tan grande como una ciudad. Parece un castillo de los Cruzados.

–La fortaleza original fue construida por los Cruzados antes de que mis antepasados los echasen –le explicó Jaul–. Durante cientos de años, a medida que cambiaban las modas, cada generación añadió un nuevo edificio. Ni siquiera yo he estado en todos ellos. Mis antepasados vivían con muchos criados y todos necesitaban aposento.

Los guardias armados que patrullaban la fortaleza abrieron una puerta automática tras la que había un hermoso jardín, más bien un parque por su tamaño.

–¿Y quién está a cargo del palacio? –preguntó Chrissie, mientras la limusina se detenía frente a un antiguo edificio.

–Bandar, mi consejero principal, está a cargo de la economía doméstica, pero es mi prima Zaliha quien se encarga de los empleados. Su hermana está casada con Bandar y viven aquí, como la mayoría de mis consejeros y ayudantes.

Una sonriente morena de preciosos ojos oscuros apareció en la puerta, haciendo una reverencia. Se presentó como Zaliha en su idioma y suplicó que la dejase tomar a Soraya en brazos. Chrissie entró en un asombroso vestíbulo circular con paredes forradas de madreperla.

–Es precioso –comentó.

–Hay partes que no son tan bonitas –dijo Zaliha.

–No le des una mala impresión a mi mujer –le advirtió Jaul.

–Hablas muy bien mi idioma –dijo Chrissie.

–Mi padre trabajó en la embajada de Londres durante varios años y yo estudié allí –le explicó Zaliha.

–Santo cielo... –Chrissie miraba las habitaciones llenas de antigüedades, algunas de las cuales parecían tener siglos–. Es un sitio medieval.

–Y dispuesto a ser renovado –dijo Zaliha.

–Iremos directamente a nuestras habitaciones –declaró Jaul, tomando a Chrissie del brazo.

Zaliha hizo otra reverencia y se alejó discretamente.

–Pensaba explorar un poco –protestó Chrissie mientras Jaul la llevaba por una escalera de piedra.

–Más tarde tal vez. Ahora mismo tengo algo importante que discutir contigo –dijo él, con inesperada seriedad–. Esta zona de palacio es enteramente nuestra y privada –anunció cuando llegaron al segundo piso.

Entraron en una habitación infantil que parecía recién amueblada y dos jóvenes se acercaron para ofrecer su ayuda con los mellizos.

–Jane y tú vais a tener mucha ayuda. Hace años que no hay niños en el palacio –comentó Jaul–. ¿Te importa dejarlos con ellas un momento?

–No, claro que no.

Recorrieron un ancho corredor con muchas habitaciones a un lado y a otro, todas amplias y decoradas al estilo contemporáneo. El tiempo podría haberse detenido en el piso de abajo, pero la segunda planta era moderna.

Jaul la llevó a un elegante salón decorado en tonos azules y crema y dio un paso atrás para que lo precediera. Estaban tan cerca que le llegaba su aroma, tan familiar, tan único. Nerviosa, se apartó mientras Jaul se quitaba la chaqueta y se aflojaba el nudo de la corbata.

–Has dicho que teníamos algo que hablar –le recordó, intentando calmarse.

–Mis consejeros me han pedido que organicemos una boda tradicional para que los ciudadanos de Marwan celebren nuestro matrimonio con nosotros –la informó Jaul, dejando a Chrissie perpleja–. Habrá un día de fiesta para todos y la ceremonia será privada, como es la costumbre, pero enviaríamos fotos de la ocasión...

—¿Me estás pidiendo que vuelva a casarme contigo? —exclamó ella, atónita.

—Sí, supongo que eso es lo que estoy haciendo —respondió Jaul, con los brillantes ojos oscuros velados bajo sus largas pestañas.

—¿Quieres que volvamos a casarnos aunque hemos acordado que solo estaremos juntos hasta que el divorcio sea aceptable para la gente de tu país?

—Yo no quiero el divorcio, Chrissie. No he querido el divorcio desde que supe que había tenido dos hijos.

Atónita por la proposición, Chrissie se dejó caer en un sofá.

—Me da igual lo que tú quieras, solo me importa lo que hemos acordado. Y el acuerdo era que podría tener el divorcio cuando hubiera pasado un tiempo.

—Pero nuestros hijos nos necesitan a los dos. Mi madre murió cuando nací y sé lo que es eso —dijo Jaul—. Los niños necesitan un padre y una madre y yo quiero que este sea un matrimonio de verdad, no una farsa.

Chrissie se levantó de un salto, revitalizada por tal admisión.

—Así que me mentiste en Londres. Dijiste lo que tenías que decir para convencerme de que viniera a Marwan contigo, pero tu intención nunca ha sido darme el divorcio.

Jaul irguió los hombros, rígido y tenso mientras la observaba pasear de un lado a otro del salón.

—No te he mentido, sencillamente esperaba que cambiases de opinión. Tener esperanza no es mentir y tampoco es un pecado —le aseguró, burlón.

Chrissie dejó escapar una risotada amarga.

–Se te da muy bien engañarme, Jaul. Lo hiciste hace dos años cuando confié en ti y los dos sabemos cómo terminó eso. ¿No se te ha ocurrido pensar que yo no quiero estar con un hombre en el que no puedo confiar? ¿Y que una segunda ceremonia solo sería una burla a mis sentimientos? –exclamó emotivamente, intentando controlar sus emociones–. Después de todo, sigues sin explicar por qué me dejaste hace dos años y no volviste a ponerte en contacto conmigo.

Jaul levantó una mano en un expresivo gesto.

–Chrissie, escúchame...

–No –lo interrumpió ella, retándolo a negarle la explicación que merecía–. No más evasivas, no más preguntas sin respuesta. No tienes nada que perder, así que puedes ser sincero. Hace dos años, a pesar de tus protestas de amor eterno, me dejaste... esa es la única verdad.

–Pero no fue eso lo que ocurrió –Jaul se pasó los largos dedos por el pelo en un gesto de frustración–. ¿Y para qué vamos a discutir algo que ocurrió hace dos años? Quiero que empecemos de nuevo...

–Lo que ocurrió entonces es importante para mí –volvió a interrumpirlo Chrissie, decidida a no dar un paso atrás–. Creo que te diste cuenta de que nuestro matrimonio era un error y no te atreviste a decírmelo a la cara.

–No, no fue eso lo que pasó –dijo Jaul, exasperado–. Cuando me fui de Oxford tenía intención de volver contigo, pero mi padre me había pedido ayuda y yo no podía negársela. Había una guerra civil en Dheya, el país con el que tenemos frontera al este, y miles de refugiados entraban en Marwan. Los campamentos eran un caos y me necesitaban para coordinar el esfuerzo humanitario...

–¡Por el amor de Dios, ni siquiera me contaste eso hace dos años! –se quejó Chrissie, incapaz de ocultar su resentimiento–. ¿Pensabas que era tan frívola que no podría entender que ese era tu deber?

–No quería que me preguntases cuánto tiempo estaría en Marwan porque no sabía cuándo podría volver –admitió Jaul–. Viajaba por la frontera con un convoy lleno de personal médico y soldados cuando fuimos alcanzados por un misil lanzado por una de las facciones que luchaban en Dheya.

Chrissie se quedó tan sorprendida por esa explicación que se dejó caer en el sofá. Le temblaban las piernas y el corazón parecía querer salírsele del pecho.

–¿Me estás diciendo que... fuiste herido?

–Yo fui el más afortunado –Jaul hizo una mueca–. Sobreviví cuando todos los demás murieron, pero sufrí graves heridas en la cabeza y la espalda y estuve en coma durante meses.

Durante los primeros días de separación, dos años atrás, Chrissie había temido que Jaul hubiera sufrido algún accidente, pero descartó esa posibilidad cuando pasó el tiempo y siguió sin tener noticias de él. Y, sin embargo, había estado en coma durante meses.

–Pero nadie me contó nada de eso, nadie se puso en contacto conmigo. ¿Por qué no me contaron lo que había pasado? –le preguntó, intentando entender tan inexcusable omisión.

–Muy poca gente lo sabía y no fue publicado en ningún sitio. Mi padre exigió que así fuera porque temía que el incidente provocase una guerra contra Dheya y el odio contra los refugiados. Lo que me pasó fue un terrible accidente, algo bastante frecuente en zonas de guerra –señaló Jaul–. Seguía en coma cuando mi padre fue a verte a Oxford.

–¡Pero estabas herido, me necesitabas... y tu padre no me dijo nada! –exclamó Chrissie incrédula y furiosa–. Evidentemente, no quería que yo supiera lo que había pasado, pero era tu mujer. Tenía todo el derecho a saberlo y a estar contigo.

–No olvides que mi padre no aceptaba nuestro matrimonio. Yo le había informado de ello la noche antes de partir al campamento y estaba furioso con los dos.

–Pero seguías en coma cuando fue a verte –le recordó ella, angustiada–. Tu padre se aprovechó de eso para mentirme. ¿Cómo pudo caer tan bajo?

Los oscuros ojos brillaron como el oro ante ese reto.

–Mi padre intentaba protegerme, pero no he perdonado ni perdonaré nunca que interviniese.

–Ah, me alegra saberlo –replicó Chrissie sarcástica–. Alejó de ti a tu mujer cuando más la necesitabas... muy protector, claro que sí.

Jaul sintió la tentación de recordarle que su padre le había ofrecido dinero para olvidarse de él y que eso era exactamente lo que ella había hecho. Pero después de saber que había tenido dos hijos, sus hijos, veía el pasado de otra manera. Chrissie habría necesitado el dinero para salir adelante como madre soltera y ya no podía condenarla por haber aceptado el dinero.

–Así que estuviste en coma –dijo ella, intentando controlar el rencor contra su padre–. ¿Cuándo saliste del coma?

–Tres meses después, cuando los médicos casi habían perdido la esperanza. Al principio no te recordaba, no recordaba casi nada –admitió Jaul–. Había sufrido una grave herida en la cabeza y estaba muy confuso, solo recordaba fragmentos mezclados e inconexos. Cuando recuperé la memoria mi padre me contó que te había visto y te había dado dinero. También reiteró que nuestro matrimonio no era legal y me dijo que no irías a visitarme al hospital.

Chrissie estaba pálida de rabia. De haber sabido que Jaul estaba en el hospital, nada habría impedido que acudiese a su lado, pero su padre había manipulado la situación para destruir un matrimonio que odiaba. ¿Cómo podía Jaul decir que lo había hecho para protegerlo?

La intervención del rey Lut había sido perversa, indefendible y cruelmente egoísta.

—Odio a tu padre por lo que nos hizo —le espetó, con una emoción que no era capaz de contener—. Destruyó nuestro matrimonio intencionadamente y, sin embargo, tú aún no encuentras palabras para condenarlo. Estabas en el hospital, gravemente herido, y él se aseguró de que yo no supiese nada. ¿Cómo puedes perdonar eso?

Jaul hizo un gesto de impaciencia.

—Debo ser sincero contigo: en ese momento de mi recuperación tampoco yo quería verte. Pensé en hacerlo cuando salí del hospital, pero para entonces había pasado tanto tiempo que me pareció absurdo.

Chrissie se echó atrás como si la hubiese golpeado. Esa admisión, los términos que había usado... era un golpe incomprensible.

—No entiendo que digas eso. ¿Por qué era absurdo? ¿Cuánto tiempo había pasado desde el accidente? —le preguntó, cruzando los brazos sobre el pecho en un gesto protector, como si así pudiera controlar sus emociones.

—Tardé más de un año en recuperarme —Jaul se puso pálido al recordar ese período traumático de su vida—. Tenía dañada la espina dorsal y tuvieron que operarme en varias ocasiones. Los médicos tardaron mucho tiempo en saber si podría volver a caminar.

En un momento en el que su mundo se había hundido y estaba confinado en una cama de hospital, incapaz de moverse, requiriendo ayuda para todo, el anuncio de que su reciente esposa lo había dejado no fue una gran sorpresa. En realidad, entonces estaba profundamente deprimido y traumatizado porque las personas que habían muerto en el ataque eran amigos y guardaespaldas a los que conocía de siempre.

Además de su atribulado estado de ánimo y la convicción de que su padre había comprado la lealtad de Chrissie, se habían separado de la peor manera en Oxford. Ella estaba furiosa porque no quiso llevarla a Marwan.

En muchos sentidos, Chrissie era entonces una soñadora y, aunque a él le encantaba que fuera así, también sabía que era una debilidad porque la vida tenía por costumbre poner obstáculos. ¿Qué podía ser más duro para una joven esposa que un marido sentenciado a una silla de ruedas? Al final, su convicción de que el matrimonio no era válido, como su padre le había dicho, fue lo que evitó que fuese a Londres a buscarla. Después de todo, si Chrissie no era su mujer, ¿qué esperanzas tenía de recuperarla?

—Pero supongo que entonces tenías acceso a un teléfono. Podrías haberte puesto en contacto conmigo —insistió Chrissie, acusadora.

Jaul irguió los hombros.

—Estaba en una silla de ruedas, ¿qué iba a decirte? Si quieres que te diga la verdad, no quería volver a verte en ese estado. Habías aceptado cinco millones de libras y pensé que ese dinero era lo único que habías querido de mí.

Jaul creía que había aceptado el dinero de su padre y se había olvidado de él; sin duda, eso le habría parecido más fácil que enfrentarse con ella en su situación, sin saber si podría volver a usar las piernas. ¿Cómo se habría sentido Jaul, el hombre de acción, el macho, privado de libertad de movimientos, forzado a aceptar su debilidad?

Pero Chrissie contuvo esa oleada de compasión, intentando centrarse solo en los hechos. Se dio cuenta entonces, con el corazón encogido, de que había puesto su orgullo por delante cuando decidió no ponerse en contacto con ella, y esa verdad le dolía más que nada.

—Pero es que no acepté el dinero que me ofreció tu padre —susurró, perdida en sus pensamientos. Saber que Jaul no había sido capaz de ponerse en contacto con ella cuando estaba herido...

—¿Cómo que no?

—No lo acepté. Tu padre me ofreció un cheque por cinco millones de libras, pero yo no lo acepté.

—Pero el día que nos vimos en Londres dijiste que tenías dinero y yo pensé...

—No me refería al dinero de tu padre —lo interrumpió Chrissie—. Cesare compró la isla griega que mi madre nos había dejado a Lizzie y a mí y compré el apartamento con una parte de ese dinero. El resto lo puse en un fideicomiso al que no tendré acceso hasta que cumpla veinticinco años. No toqué un céntimo del dinero de tu padre.

Jaul la miró, atónito. Cinco millones de libras le había parecido una suma enorme para una joven que tenía que trabajar en dos sitios para pagarse la carrera. La gente mentía, engañaba y mataba por mucho menos. Esa era la razón por la que nunca había cuestionado lo que su padre le contó, pero de repente estaba decidido a comprobarlo. ¿Podría ser cierto que Chrissie no había aceptado el dinero?

–¿Cuándo fue a visitarte mi padre? –le preguntó abruptamente.

–Dos meses después de que te fueras, y estaba furioso conmigo. Una vez me dijiste que hablaba mi idioma, pero llevó un traductor.

–¿Iba alguien con él aparte de sus guardaespaldas? –preguntó Jaul, sorprendido–. ¿Cómo era?

–Un hombre bajito de unos sesenta años, con perilla y gafas.

Jaul apretó los labios. No era difícil saber a quién se refería.

–El consejero de mi padre, Yusuf –murmuró sin dudar, pensando que estaba a punto de recibir una visita suya.

Lo que Chrissie decía merecía ser comprobado. Si no había aceptado el dinero, ¿por qué nadie se lo había dicho? Era por eso por lo que la había juzgado tan mal. No le gustaba pensarlo, pero, si no había aceptado el dinero, su padre tenía que saberlo. Y si era así...

Chrissie se sentó en un sofá, intentando relajarse. Estaba tan agotada como si hubiera corrido una maratón. La amargura y la rabia que había sentido durante esos dos años se habían esfumado al escuchar la verdadera historia de su separación. Jaul no la había abandonado voluntariamente. Pensaba volver con ella y, de no ser por el destino y por las mentiras de su padre, lo habría hecho.

Durante un segundo se permitió a sí misma pensar en cómo habría sido y tuvo que tragar saliva, intentando imaginarse lo que habría sentido si Jaul hubiese vuelto, si hubiera estado a su lado cuando descubrió que estaba embarazada. Se dio cuenta entonces de que se estaba imaginando un mundo infinitamente más feliz y experimentó una terrible angustia porque empezaba a sospechar que Jaul había sufrido tanto o más que ella cuando se separaron. ¿Cómo podía haber pensado su padre que tenía derecho a hacerles tanto daño?

Se le empañaron los ojos y parpadeó rápidamente para controlar las lágrimas, mortificada porque ella solo lloraba cuando estaba sola, algo que había aprendido cuando su vida se derrumbó tras la desaparición de Jaul dos años antes.

Pero de su garganta escapó un gemido y Jaul, que estaba mirando por la ventana, se dio la vuelta, conteniendo su inquietud al pensar en el encuentro con Yusuf, el mayor apoyo de su padre.

Yusuf no sería necesariamente discreto después de esa discusión. Era un momento decisivo para Jaul porque tenía que elegir entre su matrimonio y su respeto por la memoria de su padre. Pero él sabía que ese respeto no era una excusa para no descubrir lo que había pasado en realidad. Y, si Chrissie estaba diciendo la verdad, eso sería algo con lo que no podría vivir, pensó, angustiado.

Pero cumpliría con su deber, daba igual lo que descubriese.

—¿Dónde está el baño? —le preguntó Chrissie.

Al ver el brillo de sus ojos de color turquesa, Jaul dio un paso adelante.

—Te has disgustado... estás llorando.

—No estoy llorando —protestó ella—. Es una tontería, solo son cosas del pasado... es que estoy desconcertada.

—Lo siento —se disculpó Jaul, abrazándola—. Sabía que contarte lo del accidente reavivaría los recuerdos, por eso no quería hacerlo.

–Pero yo tenía que saber la verdad –dijo ella, levantando la barbilla.

Jaul pasó un dedo por su cara, mirándola a los ojos.

–Te he hecho daño.

Chrissie se maravilló por lo hermoso que era con el pelo negro un poco despeinado y la sombra de barba, deseaba tanto que la tocase que tuvo que clavarse las uñas en las palmas de las manos. Jaul era todo músculo, todo fuerza masculina cuando tiró de ella, haciéndola temblar. Y, cuando se apoderó de su boca en un beso ardiente, Chrissie experimentó un estremecimiento de placer.

Sin decir nada, Jaul la tomó en brazos para llevarla a un dormitorio. Mientras la dejaba en la cama, Chrissie enredó los dedos en su pelo instintivamente para sujetarlo.

–Bésame –susurró.

Necesitaba desesperadamente pensar en algo, en cualquier cosa que no fuese la dura realidad que acababa de descubrir. Jaul había estado a punto de morir dos años antes, y si hubiera muerto nunca habría tenido la oportunidad de volver a besarlo o la alegría de verlo tan orgulloso con su hijo en brazos.

Capítulo 8

JAUL besaba como hacía el amor, mezclando pasión y firmeza y convirtiendo el beso en un asalto sensual devastador.

Chrissie quería mantener el control, no dejarse llevar por la pasión en cuanto él la tocaba, pero necesitaba la seguridad de sus besos; unos besos enfebrecidos que atizaban las llamas del deseo.

–Si hacemos el amor nunca podré dejarte ir –susurró Jaul, mirándola con intensidad–. No puedo luchar contra el deseo que despiertas en mí.

Chrissie dejó escapar un hondo suspiro. Él no había elegido dejarla, el destino lo había decidido por él. No perdonaba la interferencia de su padre y aunque podía culparlo por creer que había aceptado el dinero, debía recordar que entonces estaban recién casados y lo vulnerable que era ese lazo.

¿Iba a castigarlo por los pecados de su padre? ¿Debía culparlo por haber querido confiar en el único progenitor que le quedaba? Aunque sus propios padres le habían hecho daño, Chrissie los quería. Ella, más que nadie, debería entender la básica necesidad de confiar en su padre cuando no tenía a nadie más.

Sonriendo sinceramente por primera vez desde que Jaul volvió a su vida, trazó la sensual línea de sus labios con un dedo, admirando el tormentoso oro de su mirada.

—No tienes que seguir luchando —murmuró.

—No vamos a darnos prisa, *habibti* —dijo Jaul, quitándose la camisa y privándola del aliento al mismo tiempo.

—Date prisa —lo urgió ella.

Era tan hermoso... Y, sin embargo, no era vanidoso, nunca lo había sido. No parecía darse cuenta de lo atractivo que era. Excitado, Jaul era una obra de arte masculina, tuvo que reconocer, sintiendo que le ardía la cara.

No podía dejar de admirar sus anchos pectorales, los abdominales de atleta, la flecha de vello oscuro que se perdía bajo la cinturilla del pantalón, el orgulloso miembro...

—La última vez me di prisa y me dejaste después —le recordó él, burlón.

—Pero no porque no me gustase, sino porque estaba desconcertada. Me habías enseñado ese contrato prematrimonial que yo ni recordaba.

—Todo eso es el pasado, vamos a dejarlo ahí —dijo Jaul—. Vamos a empezar de nuevo.

«Empezar de nuevo». Chrissie se encontró saboreando esa declaración. Jaul no quería el divorcio, quería que siguieran casados y criaran a los niños juntos. No había nada de malo en esa aspiración, ¿no? ¿Cómo iba a criticarlo por ello? Si olvidaba el pasado, ¿podría el futuro ser más prometedor?

¿Por qué no iba a intentarlo? ¿Por qué no iba a darle a su matrimonio otra oportunidad? ¿Qué podía perder?

—¿Empezar de nuevo? —repitió, indecisa.

—Estamos juntos, con nuestros hijos. ¿Qué podría ser más natural? —Jaul sonreía mientras se colocaba sobre ella como una pantera.

Le parecía tan natural estar con él de nuevo, tuvo que reconocer mientras estudiaba sus exóticas facciones. Daba igual lo que hubiese pensado de ella, Jaul seguía deseándola. Claro que siempre la había deseado y eso era, al menos, una base para el futuro.

—Ven aquí —murmuró él, comiéndosela con los ojos—. Solo tenemos un problema que resolver, que llevas demasiada ropa —bromeó, quitándole el vestido.

—Espera... —protestó ella cuando le quitó la ropa interior.

—¿Por qué? Quiero mirarte.

Chrissie luchaba contra el instintivo deseo de cubrirse con las manos porque sería absurdo. La había visto desnuda cientos de veces.

Jaul admiró sus pechos, acariciándolos con las yemas de los dedos.

—Pura perfección —murmuró, con voz ronca, tirando de un pálido pezón. Luego, emitiendo un gemido de rendición, inclinó la cabeza y lo tomó entre sus labios para tirar suavemente de él.

Chrissie dejó escapar un gemido de placer, enredando los dedos en su pelo. Sentía como si tuviera fiebre y, sin darse cuenta, presionaba los muslos como para llenar un vacío. Nunca había deseado que le hiciera el amor como en aquel momento y levantó las caderas para rozarse con él mientras exploraba la larga y prominente erección con las manos. Era tan suave como la seda, tan duro como el acero.

—Para, estoy demasiado excitado —le advirtió Jaul—. Quiero terminar dentro de ti.

—Date prisa —dijo ella, con urgencia, acariciando la oscura corona de su masculinidad.

—No me digas lo que tengo que hacer en la cama —le advirtió Jaul.

Chrissie se rio como no lo había hecho en mucho tiempo.

—Dame cinco minutos y te aseguro que harás todo lo que te pida —susurró, provocativa.

—No, esta noche no.

Jaul acarició el interior de sus muslos, rozando la húmeda y sedosa entrada con los dedos mientras ella levantaba las caderas, el deseo era tan poderoso que estaba a punto de ponerse a gritar.

Y, cuando él rozó su húmedo centro con la lengua, Chrissie gritó, con la respiración entrecortada, la garganta seca mientras el increíble placer la llevaba a otra realidad donde las sensaciones la envolvían haciendo que olvidase todo lo demás. Movía la cabeza de un lado a otro sobre la almohada, sudorosa, con los pezones levantados, y cuando introdujo su sabia lengua el clímax la golpeó con la fuerza de un tren de mercancías, lanzándola al vacío.

—Ha sido... asombroso —murmuró casi sin voz.

—Mi único deseo es darte placer, *habibti*.

Jaul entró en su húmedo canal y la sensación de ser ensanchada al máximo era tan irresistiblemente erótica que un sollozo escapó de su garganta. Había perdido el control y un frenesí de deseo la envolvió mientras hundía en ella su miembro de acero. Con cada embestida, el corazón golpeaba sus costillas hasta dejarla sin respiración.

Jaul aumentó el ritmo de sus embestidas hasta que Chrissie estaba literalmente sollozando de atormentado placer. Arqueando la espalda, empujó hacia él, guiada por un impaciente deseo que no podía contener. Cuando llegó a la cima por fin y notó que Jaul también se dejaba ir, el orgasmo la mareó.

—Eso sí merece el calificativo de asombroso —dijo

él unos segundos después, mientras la envolvía en sus poderosos brazos.

La tenía sujeta, apretada contra su torso como si ella quisiera escapar. Pero Chrissie estaba donde quería estar, tuvo que reconocer. Jaul había dicho que esperar no era un pecado y ella sentía lo mismo. Por primera vez se entendía a sí misma. Había amado a Jaul y al admitir eso estaba descargándose del peso de los malos recuerdos y las desilusiones para concentrarse en el futuro.

—Antes has hablado de otra boda —le recordó en voz baja.

—Si crees que podrías soportarlo —murmuró Jaul, tenso cuando ella hundió la cara en su cuello, preguntándose si por afecto o para evitar su mirada.

—Creo que podría. Sobre todo si fuera la boda de mis sueños, la que nunca tuve —le confió ella.

—¿La boda de tus sueños? —repitió Jaul.

—Nuestra boda no lo fue. Como no queríamos llamar la atención, llevé un sencillo vestido negro a la embajada, ¿te acuerdas? Pero esta vez quiero un vestido de novia y... ah, y que venga mi hermana.

—Eso es fácil. Los vestidos de novia occidentales son muy populares aquí.

—¿En serio?

Jaul esbozó esa carismática sonrisa que la había enamorado dos años antes.

—En serio, pero habrá que darse prisa. Mis consejeros esperan que podamos hacerlo pasado mañana...

—¿Pasado mañana? —repitió ella, incrédula—. Pero tengo que llamar a Lizzie para contárselo.

Tenía que llamar a su hermana, de modo que aceptaba casarse con él. Jaul tuvo que contenerse para no dar saltos de alegría mientras la oía hablando por teléfono. Su mujer, desnuda, esbelta y hermosa como una pálida figura de porcelana a la luz del sol que entraba por la ventana, era una obra de arte.

Temiendo que algún empleado entrase sin avisar, tomó un albornoz del baño y se lo puso sobre los hombros mientras Chrissie lo miraba con esos ojos que eran como imanes para él.

Luego, más feliz que nunca, volvió al dormitorio y sacó el móvil de la chaqueta para llamar a Yusuf.

Pero el antiguo consejero de su padre no estaba disponible y un criado le informó que había ido a visitar a su hija a Estados Unidos y que volvería dos semanas después.

Jaul hizo una mueca. Sabiendo que sería inapropiado hablar de ese asunto por teléfono no había más opción que esperar a que volviese a Marwan. Y la espera sería terrible. Si Chrissie demostraba haber dicho la verdad, él sería el culpable de todo lo que había pasado. ¿Y cómo iba a vivir con esa conclusión?

Chrissie cortó la comunicación y respiró profundamente, asombrada al darse cuenta de que había estado charloteando con su hermana como si fuera una adolescente emocionada. Mientras se preguntaba a sí misma qué le había pasado, salió al balcón de piedra, desde el que había una vista fabulosa de los jardines del palacio. Tal vez era una tonta, pero seguía enamorada de Jaul y quería darle otra oportunidad a su matrimonio, pero...

Y aquel era un gran «pero». Tenía que ser realista y dejar de comportarse como una adolescente. Tenía que ver la situación con frialdad y no envolverla en fantasías porque esa sería una manera segura de fracasar. Si esperaba demasiado terminaría llevándose una desilusión.

Jaul no estaba enamorado de ella. La química sexual no era amor. Aunque la poderosa atracción que los había unido seguía ahí, había cosas que no podía ignorar. Jaul había ido a Londres porque quería el divorcio y solo había cambiado de opinión tras saber que tenía dos hijos, uno de ellos su heredero al trono. El amor y el afecto no tenían nada que ver con esa decisión. Estaba dispuesto a portarse como marido y padre, no solo por las conservadoras expectativas de su gente, sino también para darles a los niños un hogar y una vida estables. Era una motivación honesta, pero no significaba que Jaul fuese feliz con ella en su vida o que la hubiese elegido libremente.

Después de todo, ¿qué otra cosa podía hacer? Era un hombre muy apasionado, pero controlado por un frío intelecto. La esposa a la que había decidido dejar atrás había vuelto y estaba atrapado porque no podía divorciarse sin decepcionar a su gente. El destino estaba forzándolo a soportar esa situación.

Chrissie tragó saliva mientras pensaba en esa humillante teoría, peo sabía que sería estúpido ignorar ese análisis de su matrimonio y aún más estúpido pensar que compartir cama con Jaul significaba algo más que compartir sus cuerpos.

Seria tras esas reflexiones, Chrissie se ató el cinturón del albornoz y volvió al dormitorio, aliviada al ver que había dos habitaciones en la suite. En ese momento necesitaba su propio espacio para pensar. Tenía que mantener los pies en el suelo, pero le dolía tanto...

Capítulo 9

CON Lizzie a su lado, Chrissie entró en la embajada británica con el pelo recogido en un elegante moño, la cabeza adornada solo con un corto velo y los altos tacones repiqueteando sobre el suelo de mármol.

Se sentía más guapa que nunca con el exquisito vestido, la tela bordada brillaba incluso en el oscuro pasillo de la embajada. Zaliha había descubierto que varios diseñadores estaban dispuestos a enviar una selección de vestidos y accesorios para que la reina de Marwan eligiese y Chrissie había elegido uno de color marfil con discreto escote, manga cóctel y una falda que caía hasta el suelo con la fluidez de la más cara seda.

–Estás espectacular –dijo su hermana, orgullosa–. Y yo estoy tan contenta de que Jaul haga este esfuerzo para que vuestro matrimonio pise firmemente en el presente...

Chrissie intentó sonreír, como había hecho durante la interminable sesión fotográfica que precedió a su salida del palacio. Lizzie no parecía darse cuenta de que estaba haciendo un papel de cara a los demás al aceptar renovar los votos matrimoniales.

Chrissie sabía que eso era lo que la gente de Marwan quería. Por la mañana tendría lugar una boda civil en la embajada británica y por la tarde se celebraría la tradicional ceremonia en el palacio, seguida de una gran fiesta.

Jaul interrumpió su conversación con el cuñado de Chrissie, Cesare, para concentrarse en la entrada de la novia. Estaba tan guapa con ese vestido... Solo entonces entendió cuánto le habría decepcionado su boda en Londres dos años antes, solos los dos en un frío registro civil. Ese no era el sueño de una novia enamorada, tuvo que reconocer.

Había querido presentarle a su padre un *fait accompli*. Casarse rodeado de paparazzi solo habría servido para que el rey Lut se enfadase aún más, pero su intento de no rebelarse públicamente contra él había empeorado la situación y su matrimonio se había convertido en un peligroso secreto.

Mientras el capellán se acercaba, Chrissie no podía apartar los ojos de Jaul, guapísimo con un chaqué gris. Aunque le había gustado más por la mañana, en vaqueros y camiseta, cuando fueron a la habitación de los niños para jugar un rato con ellos antes de la ceremonia.

Ver a Jaul jugando con los niños acallaba la vocecita interior que le advertía: «si no tienes cuidado, volverá a romperte el corazón».

El capellán dio comienzo a la ceremonia y Chrissie recordó su boda en Londres y la sensación de seguridad que había experimentado cuando Jaul le puso el anillo en el dedo; una seguridad que apenas había durado unas semanas.

El anillo que le había pedido a Cesare y que Jaul volvería a poner en su dedo en unos minutos, como si todo volviese a empezar.

Chrissie sonrió, pensando que, por el momento, Jaul estaba haciéndolo todo mejor que bien. Ella no necesitaba su amor y devoción, se dijo a sí misma, impaciente. Concentraría su energía en ser la mejor madre y la mejor reina posible, no en perseguir sueños de romance. Jaul había sido su primer amor, pero entonces solo eran estudiantes. Ese tiempo no volvería y, además, ¿querría ella volver a las tontas peleas? Entonces los dos eran inmaduros e incapaces de comprometerse de verdad.

Además, Jaul había cambiado, tal vez por el accidente y la muerte de su padre, pero era más tolerante y menos dominante de lo que recordaba.

En la limusina, de camino al palacio, esbozó su carismática sonrisa mientras saludaba a la multitud que esperaba a ambos lados de la carretera.

–Solo nos queda una ceremonia más. Nos sentiremos más casados al final del día.

Los ojos turquesa brillaron, burlones.

–Sí, claro.

–Mañana empezará nuestro viaje por el desierto. Tengo que ver a los jefes de las tribus y es la oportunidad perfecta para presentarte a sus familias. Marwan está convirtiéndose en una sociedad urbana, pero no hay una sola familia en el país que no tenga algún grado de parentesco con las tribus y su apoyo es fundamental –le explicó–. Zaliha viajará con nosotros como intérprete.

–Por supuesto, yo debería estudiar árabe.

–No te serviría de mucho en el desierto. Las tribus hablan antiguos dialectos –dijo Jaul, apretando su mano–. Pero de verdad agradezco mucho tu actitud.

–Haré lo que tenga que hacer para ser una buena reina –le aseguró Chrissie, levantando la barbilla–. No pienso abochornarte ni ahora ni en el futuro.

Las largas pestañas negras ocultaron unos ojos dorados.

–Un objetivo admirable, pero yo tengo una idea más personal.

Chrissie apartó la mano.

–¿Ah, sí? –lo retó, casi sin darse cuenta–. Dudo mucho que veas nuestro matrimonio como algo personal. ¿Cómo iba a ser así? Las ceremonias de hoy son un acto publicitario calculado para complacer a tus súbditos.

–Pero lo que parece que sentimos en público puede continuar en privado. No tiene por qué ser fingido –dijo Jaul.

–Yo prefiero ahorrarme problemas. Los dos haremos lo que tengamos que hacer en nuestros respectivos papeles y partiremos de ahí –sugirió ella.

–Como tú quieras.

Jaul se preguntaba qué había sido de la mujer apasionada y directa con la que se había casado. Esa Chrissie jamás habría tenido objetivos tan prosaicos. No, ella haría demandas de amor y se pondría furiosa si no las recibía. ¿El cambio era el resultado de su aparente deserción y su lucha como madre soltera? ¿Era culpa suya? Pensar eso lo entristeció.

De vuelta en el palacio se sirvió un almuerzo al estilo occidental, con Tarif y Soraya gateando por debajo de las sillas, desatando zapatos y haciendo travesuras hasta que Jaul tomó a Tarif en brazos y se lo devolvió a la niñera. Soraya dormía en el regazo de su madre, obligándola a comer el postre con una sola mano.

Después del almuerzo, Zaliha le hizo una seña cuando llegó el momento de prepararse para la segunda ceremonia y Chrissie se levantó para poner a la niña en los brazos de su padre.

Un grupo de mujeres mayores, cada una representante de una tribu del desierto, esperaba en la habitación que había sido destinada para los preparativos.

Chrissie se quitó el vestido de novia y entró en el anticuado cuarto de baño, con una enorme bañera de bronce. Sobre el agua flotaban pétalos de rosa y toda la habitación olía a algo desconocido, un exótico perfume de hierbas.

–Tienen que lavarte el pelo cinco veces –le explicó Zaliha–. Nadie sabe por qué, pero siempre ha sido así.

Lizzie sonrió mientras Chrissie se metía en la bañera.

–Voy a disfrutar de cada minuto de este proceso. Es tan maravillosamente exótico...

Permaneció inmóvil mientras le lavaban el pelo con aceites y se lo enjuagaban una y otra vez, y, cuando salió de la bañera, envuelta en una enorme toalla, se tumbó en una camilla de masaje, donde una experta la frotaba con aceites mientras una artista decoraba sus manos y sus pies con *henna*.

El cuidado con el que trataban cada mechón de pelo y cada centímetro de su piel era asombrosamente relajante y en algún momento se quedó adormilada, pero abrió los ojos cuando una mujer la despertó.

–Están cantando para desearos buena suerte y fertilidad –le explicó Zaliha–. Aunque tú ya llevas la delantera con los mellizos.

Después de secarle el pelo hasta que quedó como una cascada de seda cayendo por su espalda, la maquillaron ligeramente, sobre todo los ojos. Luego, Zaliha le pasó una túnica de color turquesa y un turbante con monedas de plata que caían sobre su frente.

–Pareces una princesa guerrera –dijo Lizzie en voz baja–. A Jaul le va a encantar.

Todo aquello era como un disfraz para Chrissie,

pero lo llevaba con orgullo, sabiendo que el respeto que estaba mostrando por las tradiciones del país complacería a mucha gente. Marwan era una sociedad cambiante, decidida a modernizarse, pero temía perder su cultura en el proceso.

Después de una sesión de fotos la llevaron al piso de abajo, donde tendría lugar la ceremonia.

Jaul había estado disfrutando de unos preparativos mucho más relajados que consistían en una simple ducha, un cambio de ropa y rezar unas plegarias con el imán antes de reunirse con el cortejo.

Con la túnica típica de Marwan, Chrissie parecía una muñeca de porcelana, abrumadoramente hermosa e irresistible. Tanto que su cuerpo reaccionó como el de un adolescente.

Jaul tuvo que apartar la mirada para intentar controlarse. Ninguna mujer lo afectaba como ella. Chrissie no era solo su mujer, sino la única a la que había amado en toda su vida. Nada le había dolido más que perderla, pero había ocultado esas emociones dentro de él para no revivirlas jamás. ¿No era esa la respuesta más sana a tanto dolor?

—Su mujer es más bella en persona que en las fotos, Majestad —comentó un viejo jeque, devolviéndolo al presente—. Es usted un hombre muy afortunado.

¿Era buena fortuna haberla tenido y haberla perdido? ¿Haberse visto forzado a chantajearla con los niños para recuperarla? No, le dijo su conciencia. Había puesto las necesidades de los niños por delante de todo lo demás para que Tarif y Soraya tuviesen el cariño de ambos progenitores. Pero ¿y si lo que ofrecía no era suficiente para retenerla?

Se le encogía el corazón ante la idea de volver a perderla. No, no podía ser. Chrissie tenía que quedarse con él y haría lo que tuviese que hacer para convencerla.

Chrissie se quedó sorprendida al ver a Jaul. Era la primera vez que lo veía con el atuendo tradicional de su país: una capa negra bordada en oro sobre los hombros y una túnica beige sobre una camisa inmaculadamente blanca que destacaba su bronceada piel. Un turbante con cordón de oro cubría su pelo negro, destacando su espectacular estructura ósea y la escultural belleza de sus sensuales labios. Su aspecto era tan exótico que Chrissie tuvo que contener el aliento.

–Jaul es un poco como Cesare. Da igual lo que se ponga, siempre tiene un aspecto muy sexy –susurró Lizzie.

La ceremonia fue breve, pero solemne. La informal renovación de los votos en la embajada británica reemplazada por unas graves plegarias mientras el celebrante unía sus manos durante unos segundos.

Un poco intimidada por la solemnidad del momento, Chrissie se volvió hacia Jaul para buscar seguridad. Él apretó discretamente su brazo, sabiendo que todo el mundo miraba y que cualquier demostración pública de afecto sería inaceptable.

–Ya está –dijo en voz baja, como si Chrissie fuera una niña quejándose de un corte en la rodilla.

La noche había caído en el patio del palacio, iluminado por docenas de antorchas. Jaul guio a Chrissie hasta un par de tronos dorados colocados en el centro mientras los invitados se sentaban a las mesas.

–Yo te serviré –anunció, apartando a un criado con gesto decidido.

La boda en el hogar de sus antepasados lo había conmovido profundamente. Chrissie era su mujer y su obligación era protegerla; una obligación en la que había fracasado cuando se casó con ella por primera vez. Aunque el accidente no había sido culpa suya y no podría haberlo evitado, sabía que la había defraudado. Un hombre que aceptaba la responsabilidad de tomar una esposa debería hacer provisiones para que ella estuviese protegida en el caso de una tragedia, razonó, sintiéndose culpable. Había sido joven e irresponsable y ella había pagado un precio muy alto por su arrogancia, pero haría lo imposible para que no lamentase su segundo matrimonio.

Chrissie notó que los invitados miraban a Jaul mientras le servía la comida.

—Atendiendo tus necesidades antes que las mías, el rey te demuestra respeto —le explicó.

La música empezó en ese momento. Había bailarines, exhibiciones acrobáticas, un recital de poesía, un cómico que hacía reír a todos salvo a Chrissie, que a pesar de la traducción de Jaul no entendía las bromas. Había cámaras y fotógrafos grabándolo todo, pero el ambiente era festivo, alegre.

Cuando empezó a hacer fresco, Jaul le colocó su capa sobre los hombros.

—Es hora de irnos —murmuró.

Un convoy de cuatro vehículos los esperaba fuera. Chrissie subió al primero mientras los guardaespaldas de Jaul dividían al cortejo entre los demás.

—¿Qué ha sido de tus antiguos guardaespaldas?

En cuanto vio que sus ojos se entristecían supo que no debería haber preguntado.

—¿El accidente? —susurró, angustiada y triste al recordar a Hakim, alto y serio, y a su hermano menor, Altair, que siempre tenía una sonrisa en los labios.

Jaul asintió con la cabeza en un gesto de reconocimiento y respeto.

—Lo siento mucho —murmuró ella, sabiendo que Jaul había crecido con los dos hermanos.

El convoy tomó una carretera de tierra que llevaba al desierto y Chrissie estuvo a punto de caerse del asiento hasta que Jaul le pasó un protector brazo por los hombros.

—¿Tenemos que ir muy lejos? —le preguntó, temiendo perder algún diente con tanto bache.

—Ya casi hemos llegado. Hemos instalado el campamento más cerca del palacio de lo que es habitual.

Poco después, el convoy se detuvo frente a un campamento con varias tiendas bien iluminadas.

—Aquí tendremos todas las comodidades —le aseguró Jaul—. Los niños se reunirán con nosotros mañana. No tendría sentido interrumpir su sueño.

La tienda no era lo que ella había esperado. Para empezar, era muy espaciosa y dividida en diferentes secciones, con opulentos almohadones de seda en la zona que parecía ser el salón. El suelo estaba cubierto por exquisitas alfombras y había incluso obras de arte.

—Vaya, esto no es acampar como yo me había imaginado.

—No estamos de acampada. ¿Tienes hambre? —le preguntó Jaul, abriendo una puerta oculta tras un tapiz.

—No, en absoluto —respondió ella, entrando en un dormitorio magníficamente decorado—. Tenías razón, aquí no faltan comodidades.

—Pero tendremos que compartir el baño —dijo Jaul, abriendo otra puerta escondida—. Estaremos tan cómodos aquí como en el palacio. Durante generaciones, mis antepasados han visitado el desierto en primavera para hablar con los jefes de las tribus.

Mirándose en un espejo, Chrissie se quitó el turbante porque, como el resto de las antiguas joyas que llevaba, era muy pesado. Tras ella, en silencio, Jaul le desabrochó el collar de plata, que Chrissie dejó en una bandeja antes de quitarse los pendientes.

—¿Qué vestido prefieres? —le preguntó—. ¿El de novia o este?

—Estabas fantástica con el vestido blanco, como una modelo en una pasarela, pero mi corazón se volvió loco cuando te vi con este... —Jaul pasó los dedos por un hombro—. El color destaca tus ojos y el corte oculta tus gloriosas curvas. Y eso me gusta —le confesó, con voz ronca—. Tal vez me parezco más a mis antepasados de lo que creía. Hace cien años te habría puesto un velo para que nadie más pudiese verte.

Chrissie sintió que le ardía la cara. Su sinceridad le parecía tan sexy...

—¿Un velo? —repitió.

—Tu belleza podría cegar a un hombre —respondió Jaul, besando sus hombros—. Me cegaste desde el primer día que te vi, pero no era el momento adecuado ni la compañía ideal.

—Sí —asintió ella, la proximidad de Jaul hacía que sus pezones despertasen a la vida.

Nada podría haber sido más incómodo que encontrar a su amiga con Jaul, sabiendo que se habían acostado juntos esa noche. Aunque Nessa había conocido a otro hombre enseguida, esa infeliz conexión había hecho que Chrissie lo juzgase como un simple mujeriego.

Jaul la besaba en el cuello mientras la llevaba a la cama, pero de repente dejó de besarla para poner algo en su dedo anular.

—¿Qué es esto? —exclamó Chrissie, mirando una banda de increíbles gemas al lado de su alianza—. ¿Rosa?

–Diamantes rosas, un regalo tan perfecto como tú. Mi regalo de boda.

–Pero yo no tengo ningún regalo para ti –dijo ella, dejando escapar un gemido de frustración.

–Me has dado a Tarif y Soraya y ellos no tienen precio –declaró Jaul–. Jamás podré darte las gracias por nuestros hijos.

Sus ojos brillaban a la luz de la lámpara y Chrissie se dio cuenta de que estaba siendo sincero. Sonriendo, acarició el embozo de la sábana, cubierta de pétalos de rosa.

–¿Se supone que ayudan a la fertilidad o algo así? –preguntó, recelosa.

–Las rosas son reverenciadas en mi país. Y, por cierto, la prensa de Marwan ya te ha puesto nombre: «Nuestra rosa inglesa».

Ella se rio, poniendo los ojos en blanco.

–¿De verdad?

–De verdad. Eres preciosa, Chrissie.

El brillo fiero de sus ojos despertó una oleada de calor dentro de ella. Su potente sexualidad hacía que le latiese el corazón como si quisiera salírsele del pecho. Siempre había sido así, una sola mirada de Jaul y estaba atrapada.

Él aplastó su boca con ardiente pasión, lamiendo las comisuras de sus labios con la punta de la lengua, y fue como un relámpago. Chrissie sintió una ardiente humedad entre las piernas.

–Jaul... –susurró, temblorosa.

–Muy hermosa y al fin mía –dijo él, quitándose el turbante antes de sentarla en su regazo para desabrochar los botones de la túnica.

–Estamos muy casados, desde luego –murmuró Chrissie–. Tres veces ni más ni menos.

–Nunca volveré a separarme de ti, *habibti* –dijo Jaul, con voz ronca, poniendo sus manos sobre los hinchados pechos, masajeándolos, tirando de las puntas antes de tumbarla sobre la sábana para desnudarla lentamente.

Chrissie quería que se desnudara a toda prisa y lo dejase todo tirado como solía hacer cuando se casaron en Londres. Su desorden, resultado de no haber tenido que hacer nunca nada por sí mismo, la había sacado de quicio entonces, pero en aquel momento sería bienvenido, familiar.

–Te deseo tanto...

Chrissie se estiró, sintiéndose tan seductora como Cleopatra. Por primera vez desde que volvieron a encontrarse no le avergonzaba su desnudez. Tal vez porque la intensidad del deseo de Jaul siempre la había excitado. Ella no era perfecta, sabía que no lo era, pero él siempre había estado en desacuerdo. Nunca había habido nadie más para ella porque Jaul la inflamaba con una sola mirada, haciéndola sentirse como una diosa en carne mortal.

Él se tumbó a su lado, buscando su boca con ansia devoradora, y Chrissie abrió las piernas, levantando las caderas para poner su parte más necesitada en contacto con la masculina erección.

–Estás intentando meterme prisa otra vez –se quejó Jaul–. Pero esta es una noche especial.

–Cada noche contigo es especial –dijo Chrissie, decidida a utilizar todas las armas de su arsenal femenino.

Jaul se apartó brevemente para tomar un preservativo y volvió a acariciar la húmeda carne entre los muslos, haciendo que levantase las caderas con un deseo que ya no podía ni quería ocultar. Cuando por fin entró en ella, dejó escapar un suspiro de feliz alivio, de sensual placer, echando la cabeza hacia atrás.

–¡Sí! –el monosílabo escapó de su garganta sin que pudiese evitarlo.

Jaul se apartó para volver a entrar en ella con más fuerza y sus músculos internos se cerraron alrededor del rígido miembro masculino. Con cada carnal embestida, la excitación aumentaba hasta hacerlos perder la cabeza. Jaul, jadeando, la empujó contra las almohadas, colocando sus piernas sobre sus hombros para tener mejor acceso a su cuerpo.

–Eres una bruja, me vuelves loco –dijo con voz ronca.

Excitada como nunca, ella levantaba las caderas para sentirlo hasta en lo más hondo y Jaul aumentaba el ritmo, desesperado, enfebrecido, hasta que sintió como si estuviera a punto de salirse de su propia piel. El deseo la consumía mientras entraba en ella y, cuando llegó el momento final, el éxtasis fue abrumador.

Chrissie se quedó con la mejilla apoyada sobre el hombro de Jaul, intentando respirar.

–Tengo que aprender a confiar en ti otra vez –murmuró, pensando en voz alta–. Sé que tú no decidiste dejarme, pero siempre me ha costado tanto confiar en los hombres...

Jaul le apartó el pelo de la cara.

–¿Por qué?

–Mi madre vivió con muchos canallas cuando yo era niña –le contó Chrissie–. Eran borrachos, adictos al juego, le robaban, la maltrataban.

Jaul se quedó sorprendido. Chrissie siempre había sido reservada sobre su pasado y solo en aquel momento entendía por qué.

–Eso explica algunas cosas sobre ti. Siempre fuiste muy suspicaz conmigo, siempre esperabas lo peor.

Ella asintió con la cabeza.

–El último marido de mi madre era el peor de todos...

–¿En qué sentido?

–Es una historia muy sórdida –Chrissie intentó apartarse, pero Jaul la sujetó.

–No debería haber nada que no pudieses contarme. Los errores de tu madre no son los tuyos y no voy a juzgarte por ellos.

Ella dejó escapar un suspiro.

–Antes de que mi madre muriese, mi padrastro la hacía trabajar como prostituta –dijo luego, tragando saliva–. Los hombres iban a casa durante el día. Lizzie no lo sabe porque trabajaba después del colegio, pero yo solo tenía siete años. Una vez subí al piso de arriba y vi a mi madre en la cama con un hombre, fue terrible.

Jaul le levantó la cara con un dedo, viendo el brillo de lágrimas en sus ojos de color turquesa.

–¿Qué pasó?

–Mi padrastro me pegó. Tardé mucho tiempo en entender lo que había pasado, pero después de eso me encerraba en mi habitación en cuanto volvía del colegio... mi padrastro me daba pánico.

–Siento muchísimo que tuvieras que pasar por eso –dijo Jaul, deseando encontrar a su padrastro y matarlo con sus propias manos por hacerle daño a la niña que había sido–. Pero no es tu pecado. Tú no eres culpable de nada.

–Pero siempre me he sentido sucia por lo que pasó –le confió Chrissie, mirándolo a los ojos para buscar alguna señal de repulsión y aliviada al no ver ninguna–.

Cuéntame algo de lo que te avergüences –dijo luego, para evitar más preguntas.

«De no haber comprobado la historia que me contó mi padre cuando salí del hospital».

Pero Jaul no quería remover el pasado y en lugar de eso le habló de uno de sus momentos menos estelares.

–Perdí mi virginidad con una prostituta de lujo en Dubái. Créeme, entonces ya tenía edad para saber lo que era el sexo.

–¿No habías salido con chicas? –le preguntó ella.

Jaul negó con la cabeza.

–Solo me sentí libre cuando fui a estudiar a Oxford –le confesó–. Hasta entonces nunca había tenido una vida normal.

Chrissie apoyó la cabeza en su hombro, mirándolo con simpatía mientras pensaba en lo mal que lo había juzgado cuando lo conoció. Había pensado que era el típico árabe playboy cuando en realidad había pasado sus años de juventud en un internado y en el ejército, sin apenas libertad para hacer nada. Que se hubiera soltado un poco el pelo cuando llegó a Oxford era comprensible y solo un santo lo culparía por ello.

Le dolía reconocer lo poco que sabían el uno del otro cuando se casaron, pero lo entendía mejor en aquel momento y estaba segura de que, en posesión de todas sus facultades y sin las mentiras de su padre, nunca la habría abandonado.

Bandar saludó a Jaul mientras tomaban café a la mañana siguiente. Su consejero le ofreció una lista de los eventos del día y los mensajes más urgentes antes de entregarle un sobre.

–Ha llegado por valija diplomática. Es de Yusuf y, aparentemente, es personal y confidencial –Bandar enarcó una ceja, como si tal cosa le sorprendiera.

Jaul tomó el sobre, pero esperó a que Bandar se despidiera antes de abrirlo. Podía oír a Chrissie canturreando en la ducha, pero por una vez eso no le hizo sonreír. Estaba leyendo lo que el antiguo consejero de su padre tenía que decir y en la corta nota de disculpa una frase destacaba sobre las demás:

Teniendo en cuenta lo que ocurrió hace dos años, habría sido una ofensa por mi parte saludar a la reina y ofrecer mis mejores deseos en la ocasión de vuestra boda.

Y allí estaba, en unos cuantos párrafos, lo que Jaul más había temido: la confirmación de todo lo que Chrissie le había contado, porque era evidente que Yusuf se sentía demasiado avergonzado como para acudir a la boda.

Esa confirmación fue como un golpe en el estómago y se levantó, tan inquieto que no podía permanecer sentado. Evidentemente, todo lo que Chrissie le había contado era verdad. La habían echado del apartamento de Oxford, la habían humillado. Había ido a la embajada de Marwan para preguntar por su marido, pero se habían reído de ella. Y no había aceptado el dinero que su padre le ofreció.

Jaul había querido creer que Chrissie estaba exagerando, que tal vez lo que tuvo que soportar no había sido tan traumático, pero la reacción de Yusuf era totalmente reveladora. Aún quería conocer los detalles, pero esperaría hasta que el hombre volviese a Marwan.

Después de todo, ya sabía lo más importante, se re-

cordó a sí mismo. Su mujer le había contado lo que
había sufrido y él había dudado de su palabra; incluso
había rezado para que fuese su imaginación. ¿Y no era
aquel su castigo por la falta de fe en su mujer y la lealtad al recuerdo de su padre? ¿Qué había sido de la
lealtad a la mujer con la que se había casado?

Estaba claro que su padre había mentido y que le
daba igual lo que tuviera que decir para destruir su
matrimonio con Chrissie. Era terrible que el hombre
al que tanto había respetado y querido hubiese caído
tan bajo para separarlo de la mujer a la que amaba.

Cuando el sol empezó a levantarse en el horizonte,
llevándose con él el frío de la noche, Jaul paseaba de
un lado a otro. No podía escapar de ciertas conclusio-
nes devastadoras: le había destrozado la vida a Chrissie y, lo peor de todo, no lo había hecho solo una vez,
sino dos. La primera vez que se casó con ella y la dejó
embarazada y la segunda cuando la chantajeó para que
le diese una segunda oportunidad a su matrimonio.

¿Cómo podía un hombre reparar esos errores? ¿Qué
derecho tenía a intentar retener a una mujer a la que no
se merecía?

Se había mostrado enfadada y hostil al principio,
pero había logrado perdonarlo y entenderlo, aunque él
no había hecho nada para ganarse su perdón. Un hombre honorable la dejaría ir, pensó, sintiendo que se le
cubría la frente de sudor. Un hombre honorable aceptaría sus errores y le daría la libertad de elegir si quería
quedarse o volver a Londres...

Fue muy humillante descubrir que, evidentemente,
él no era un hombre honorable, porque la idea de enfrentarse a la vida sin Chrissie y los mellizos a su lado
no era algo que Jaul pudiese contemplar.

Había metido de tal modo la pata, razonó, que solo

podía hacerlo mejor en el futuro, pero la vergüenza de haber juzgado mal a Chrissie era como una garra en el pecho.

La vio sentarse a la sombra mientras los criados le llevaban bandejas de fruta y pan para el desayuno. Con el brillante pelo suelto alrededor de su preciosa cara, sin una gota de maquillaje, guapísima con un pantalón caqui y una simple camiseta blanca.

Era su mujer... pero ¿durante cuánto tiempo? La desazón le agarrotaba los músculos mientras se dirigía hacia ella.

Capítulo 10

QUÉ fue de ese caballo al que querías tanto? –preguntó Jaul.

–Hero está en un santuario para caballos cerca de nuestra antigua granja –respondió Chrissie mientras volvían al campamento, con el sol levantándose sobre el horizonte. No se cansaba de admirar la sorprendente y colorida belleza del desierto al amanecer–. Hace meses que no voy a verlo. Mientras estaba trabajando y cuidando de los niños era imposible, pero tal vez cuando volvamos a Londres podamos hacerlo.

–¿Por qué está en un santuario para caballos? –insistió Jaul.

–Porque, cuando mi padre tuvo que dejar la granja, yo no tenía dinero para pagar un establo y en el santuario me conocían. Entonces, afortunadamente para mí, vendimos la isla a Cesare y pude entregar dinero suficiente para que cuidasen a Hero de por vida –le explicó Chrissie mientras acariciaba la crin de la hermosa yegua árabe que montaba–. Hero está a salvo, bien cuidado y feliz. Es lo mejor que podía hacer por él.

Los establos de palacio estaban llenos de maravillosos caballos árabes y Jaul había llevado algunos al desierto porque amaba a esos animales tanto como ella. Cada día iban a montar al amanecer, cuando el calor del sol aún era soportable.

Había disfrutado mucho de esos momentos, pero sus días en el desierto estaban a punto de terminar. Y, aunque Jaul había sido atento y cariñoso, sospechaba que ocurría algo.

Durante el día, él estaba ocupado con los jefes de las tribus mientras ella pasaba el tiempo con sus familias. En realidad, disfrutaba conociendo a esa gente y descubriendo cosas sobre sus exóticas vidas. Con ayuda de Zaliha, que le servía de traductora, estaba descubriendo un mundo nuevo.

Jaul la había elogiado por cómo trataba a su gente e incluso le había pedido que tomase en consideración la idea de trabajar en un programa de desarrollo educativo para Marwan, señalando que esa era su área de experiencia. Esa petición la llenó de orgullo, pero Chrissie estaba convencida de que algo no iba bien entre ellos.

Había cierta distancia en él, cierta reserva que no había estado ahí días antes. Y no habían vuelto a hacer el amor desde la noche de bodas.

Jaul se había visto obligado a atender a los jefes de las tribus, como era su obligación, y volvía a la cama muy tarde, pero desde esa primera noche no había vuelto a tocarla. Y eso era desconcertante, porque Jaul era un hombre muy apasionado.

La noche anterior, por ejemplo, se había acercado a su lado de la cama y él se había quedado inmóvil, rígido como un bloque de hielo. Chrissie había intentado tomar la iniciativa, pero cuando Jaul murmuró un amable «buenas noches» decidió echarse atrás.

Tal vez, pensaba angustiada, estando disponible todo el tiempo ya no le parecía tan atractiva. O más probablemente, le decía el sentido común, estaba exhausto después de sus charlas con los jefes de las tribus. Jaul se veía obligado a ejercer la diplomacia para tratar con diferentes facciones en charlas que duraban dieciocho horas al día.

Lo último que debería hacer era dejar volar su imaginación y empezar a imaginarse problemas. Su matrimonio estaba funcionando, ¿no? Ella creía que así era, pero la renovada intimidad que habían compartido desde su segunda boda parecía haberse evaporado.

Cuando volvieron al palacio, Bandar los recibió en la entrada para hablar urgentemente con Jaul.

—¿Qué ha pasado? —preguntó Chrissie, preocupada. Él apretó los labios.

—Mi abuela está en Marwan y quiere verme. Se aloja en un hotel de la capital.

—Ah, qué sorpresa.

—Creo que ha venido con su hija, Rose. Parece que en algún momento volvió a casarse... al contrario que mi abuelo —dijo Jaul entonces.

—Teniendo en cuenta lo que tu padre sentía por ella sería un encuentro incómodo para ti, pero...

—No tengo intención de verla —la interrumpió él—. Le he dicho a Bandar que le envíe un regalo y una nota de disculpa.

Chrissie apretó su brazo.

—No puedes decirlo en serio.

Jaul frunció el ceño.

—Por favor, intenta entenderlo. Nunca he oído nada bueno sobre lady Sophie y ahora mismo tengo demasiadas cosas de las que ocuparme. No tengo tiempo para eso.

Chrissie se quedó desconcertada por tan vehemente rechazo y tuvo que contener el deseo de preguntar si no era capaz de encontrar unos minutos para su abuela, que había viajado desde tan lejos para verlo.

–Tienes que pensarlo bien, Jaul.

–Aunque respeto tu opinión, en este caso no es asunto tuyo.

–Lady Sophie es la bisabuela de los niños, de modo que sí es asunto mío.

Jaul la miró, impaciente.

–Me niego a seguir hablando del asunto. Ya te he dicho lo que pienso y por qué.

–Muy bien, entonces yo iré a verla.

–No, no lo harás. Te lo prohíbo.

–¿Me lo prohíbes? –repitió Chrissie, preguntándose desde cuándo tenía derecho su marido a prohibirle nada.

–Sí, te lo prohíbo –repitió él.

«Prohíbeme lo que quieras, mi amor», pensó Chrissie. «Me temo que no conseguirás nada porque no estamos en el siglo XVI, cuando las esposas obedecían ciegamente a sus maridos».

En su opinión, las buenas formas exigían que Jaul visitase a la mujer que había ido a Marwan solo para hablar con él. Por otro lado, podía entender su actitud porque su abuelo y su padre habían convertido a lady Sophie en un monstruo.

Pero ella no tenía nada en contra de lady Sophie y, decidida, le pidió a Zaliha que descubriese en qué hotel se alojaba.

Un par de horas más tarde, una elegante mujer de mediana edad la saludaba en la puerta de la suite, agradeciendo que hubiese ido en nombre de Jaul.

–Como expliqué cuando llamé por teléfono, mi madre está cada día más frágil y que haya venido usted la animará mucho –dijo Rose.

–Pero yo no sé si puedo hacer algo para arreglar su relación con Jaul –le advirtió Chrissie.

–Cuando mi madre se enteró de su matrimonio por los periódicos no hubo forma de convencerla para que no viniese –le confió Rose mientras la llevaba al salón–. Está convencida de que el matrimonio con una mujer británica podría hacer que Jaul cambiase de actitud.

Una mujer diminuta de pelo blanco y marchitos ojos azules estaba sentada en un sillón, con un bastón en las arrugadas manos.

–Soy Sophie, la abuela de tu marido –se presentó.

Chrissie le ofreció su mano.

–Encantada de conocerla.

–¿Qué te han contado sobre mí?

–Muy poco –admitió Chrissie–. Pero tal vez yo debería hablarle de mi encuentro con el rey Lut.

Tomaron el té mientras Chrissie les contaba su historia, pensando que era mejor ser sincera y admitir las dificultades que había tenido con el hijo de Sophie.

Cuando terminó su relato, la anciana suspiró.

–Es muy triste aceptar que aunque hubiera conocido a mi hijo de adulto no me habría gustado. El abuelo de tu marido, Tarif, lo puso contra mí. Nunca hubo ninguna esperanza de que escuchase mi versión de la historia. Lut me acusó de haberlo abandonado, pero no es verdad. Me casé con Tarif cuando tenía diecinueve años, no sabía nada de la vida.

–¿Solo diecinueve años? –Chrissie empezaba a entender la decoración de la mansión de Londres. Había sido decorada por una adolescente con un presupuesto ilimitado.

La anciana sonrió.

–Sí, pero yo me consideraba muy madura, como todos los adolescentes. Mi familia se oponía a mi matrimonio, pero yo estaba locamente enamorada de Ta-

rif, que me parecía tan liberal, tan occidental. Juró que
sería su única esposa y yo pensé que no tenía nada de
qué preocuparme. Desgraciadamente, que hable tu
idioma y vista a la manera occidental no es suficiente
para conocer el carácter de un hombre.

—Lo entiendo —murmuró Chrissie.

—Estaba embarazada cuando volvimos de nuestra
luna de miel —lady Sophie hizo una pausa, recordando—. Fue entonces cuando todo cambió. Mi marido
se mostraba distante y ya no compartíamos dormitorio...

—¿Tuvieron una discusión?

—No, no, descubrí que mi marido tenía un harem
lleno de concubinas.

Chrissie abrió los ojos como platos.

—¿Concubinas?

—Tarif no pensaba que hubiera ninguna razón para
renegar del estilo de vida de sus antepasados —dijo la
anciana—. No entendía que yo no aceptase otras mujeres en nuestro matrimonio porque era su esposa y su
reina y pronto tendría un heredero. Consideraba mi estatus un gran honor y creía que debería contentarme
con eso.

—Santo cielo —murmuró Chrissie, incapaz de imaginarse la angustia de una chica de diecinueve años
viviendo sola y sin apoyo en tal situación—. ¿Y qué
hizo?

—Le supliqué que dejase a las demás mujeres, pero
Tarif se negó. Era un hombre muy testarudo y anticuado. Durante meses compartimos el mismo ala de
palacio, pero viviendo como dos extraños. Cuando na-
ció Lut, Tarif me pidió que lo aceptase tal como era
porque, según él, no tomar otra esposa era un gran sa-
crificio —la abuela de Jaul apretó los labios—. Natural-

mente, yo dije que no. Unas semanas después, mi padre murió de repente y fui a Londres para el funeral. Tarif se negó a dejar que me llevase a Lut conmigo y mientras estaba en Londres me llamó para decir que no volviese a Marwan a menos que aceptase a las concubinas.

—No estaba dispuesto a darle una oportunidad a su matrimonio —comentó Chrissie—. Eso fue muy cruel por su parte.

—Cuando no cedí a su petición, Tarif se negó a dejar que viera a mi hijo. No volví a verlo hasta que tenía veinte años y, aunque me permitió contarle mi historia, nunca la aceptó. Lut era anticuado y mojigato y me acusó de mentir para ensuciar la memoria de su padre.

Chrissie suspiró.

—Hablaré con Jaul. Él no es como el rey Lut.

—¿Estás absolutamente segura de eso? —le preguntó lady Sophie, con expresión preocupada—. Físicamente, es la viva imagen de su abuelo Tarif.

—No se parecen en nada más.

—Pero un tema tan delicado como las concubinas es algo que no se discute aquí, donde el rey es omnipotente.

Chrissie se despidió de las dos mujeres, atribulada. Estaba convencida de que la historia que lady Sophie le había contado era cierta. ¿Y cómo podía saber que ya no había concubinas en el vasto complejo del palacio? ¿Sería posible que Jaul tuviese concubinas? ¿Era por eso por lo que no había vuelto a hacerle el amor? ¿Podría entrenar su soberbio talento como amante con mujeres sin nombre en algún secreto harem? ¿Explicaría eso su falta de interés por ella o estaba siendo exageradamente recelosa?

No, era absurdo. Jaul no podía tener concubinas, le decía el sentido común mientras subía a la zona privada de palacio para abrazar a los mellizos.

Media hora después lo vio en la puerta de la habitación, sus preciosos ojos oscuros, brillantes como el carbón, la estudiaban con expresión seria.

—Sabes dónde he estado —Chrissie suspiró mientras salía al pasillo.

—Has ido en contra de mis deseos y, naturalmente, estoy molesto —dijo él, intentando contener su enfado.

No quería que su esposa hablase con una mujer amargada y mentirosa. No quería que su abuela intentase envenenarla contra él por su odio hacia la familia real de Marwan. Chrissie ya tenía demasiadas razones para pensar mal de él. Además, su largamente esperada reunión con Yusuf tendría lugar esa tarde y, aunque dispuesto a enfrentarse al último de los demonios que lo perseguían desde que recibió la nota de disculpa, esa reunión lo tenía inquieto.

Solo cuando estuviera convencido de saberlo todo podría hablar sinceramente con Chrissie. No habría más secretos entre ellos, no más dudas ni preguntas sin respuesta. Su mujer se merecía eso al menos.

—He ido a ver a lady Sophie porque esperaba que de alguna forma, no sé cómo, podría solucionar el problema entre vosotros —dijo Chrissie.

—Una idea muy compasiva —admitió Jaul—. ¿Qué te ha contado de mi familia?

Chrissie respiró profundamente, armándose de valor.

—Que tu abuelo tenía concubinas mientras estaba casado con ella.

Jaul la miró, sorprendido.

—¿Te ha dicho eso... en serio?

Molesta por su evidente incredulidad, Chrissie anunció:

—Y yo la creo.

Jaul irguió los hombros, su ira era tan violenta como el retumbar de un trueno.

—¡Esa es una mentira imperdonable, una calumnia!

—¿Lo es? —preguntó Chrissie, el ambiente resultaba tan sofocante como si faltara oxígeno en la habitación—. Porque, naturalmente, después de saber eso tengo que preguntarte si...

—¡No te atrevas a preguntarlo! —la interrumpió él, sus ojos oscuros brillaban como carbones encendidos.

Chrissie palideció. No había terminado la frase, pero él sabía lo que iba a preguntar y estaba más furioso que nunca.

—Acabas de demostrar que mi padre tenía razón: su madre es una mentirosa.

—Si eso es verdad, posiblemente habría heredado ese talento de ella —lo retó Chrissie, sin vacilación—. Porque tu padre no era precisamente partidario de la verdad.

Jaul apretó los puños porque no podía defender a su difunto padre y tampoco iba a mentir en su defensa. Y, en ese momento, entendía que Chrissie se negase a aceptar la palabra de Lut contra la de lady Sophie.

—No ha habido concubinas en el palacio desde hace más de cien años —dijo entonces—. Sugerir que ese estilo de vida haya subsistido hasta los años treinta es sencillamente increíble, pero hablaré con Yusuf esta misma tarde si eso te hace feliz. Yusuf sigue siendo una autoridad en la historia de la familia real; de hecho, escribió un admirado libro sobre el tema.

—Yo no creo que tu abuela mienta —insistió Chrissie, pensando que a veces su marido era extraordinariamente ingenuo–. Ese libro seguramente sería censurado por tu padre y seguro que no hay ni una sola crítica en él.

Jaul había pensado lo mismo, tuvo que admitir.

–Sin duda tienes razón, pero Yusuf me contará la verdad –murmuró, molesto–. Pero que mi mujer me pregunte si tengo concubinas...

Chrissie se puso colorada.

–No te he preguntado...

–Pero te morías por hacerlo –la interrumpió Jaul–. ¿Tan poco confías en mí? ¿De verdad crees que mi gente aceptaría a un hombre de vida disoluta en el trono?

–Yo no he sugerido eso.

–Marwan quiere convertirse en un país moderno y nuestras mujeres cada día tienen más voz en la sociedad. Y yo debo practicar en privado lo que proclamo en público.

Chrissie se sintió mortificada por haber sospechado. Había visto un brillo de dolor en los ojos de Jaul cuando hizo esa pregunta. Estaba furioso, pero no como su padre. Él no sufría ataques de ira y jamás insultaba a nadie; al contrario, se quedaba en silencio hasta que lo había examinado todo con atención.

–Lo siento –se disculpó abruptamente–. Ha sido una tontería por mi parte, pero por un momento tuve dudas.

–Si supieras lo puritano que era mi padre nunca habrías pensado eso –dijo Jaul–. El rey Lut luchó contra la inmoralidad dentro y fuera del palacio. Estaba tan obsesionado que incluso prohibió la música y el baile en lugares públicos, pero, si así te sientes mejor, preguntaré a Yusuf qué sabe de ese supuesto harem.

Cuando Jaul salió de la habitación, Chrissie se dejó caer en un sofá. Tal vez no debería haber visitado a lady Sophie, pensó. Había ido a ciegas, pensando que hacía algo bueno, pero al final había ofendido a Jaul. Debería haber tenido más tacto. Además, ni ella misma creía que tuviese concubinas, era absurdo.

Sin embargo, lo que lady Sophie le había contado le seguía pesando en el corazón.

Jaul estuvo un par de horas hablando con el antiguo consejero de su padre. Yusuf se marchó después de la reunión, aliviado tras haber descargado su conciencia, pero Jaul no se sentía aliviado en absoluto. De hecho, estaba atónito, furioso y amargado.

En cuanto le llevaron las llaves que había pedido, recorrió el vasto complejo del palacio hasta unas escaleras medio escondidas en un oscuro corredor. Jaul hizo un gesto a sus guardaespaldas y entró solo en la desconocida habitación.

El tamaño del sitio lo sorprendió. No era una habitación, sino una serie de habitaciones y patios, con fuentes y zonas de baño. Todo estaba en muy buenas condiciones y le maravillaba que la obsesión de su padre por la conservación histórica hubiera triunfado sobre su deseo de reescribir el pasado y enterrar los secretos de la familia. La furia que sentía por lo que Yusuf le había contado aumentó cuando vio la enorme cama colocada sobre una tarima y los murales de las paredes de la que parecía ser la habitación principal.

Totalmente desconcertado, se quedo inmóvil, imaginándose la reacción de su padre ante esas licencias artísticas. De repente, soltó una carcajada de incredulidad. El rey Lut luchando contra la inmoralidad y la tenía en su propia casa.

Jaul siguió sonriendo al imaginarse cómo reaccionaría Chrissie ante esos murales.

Chrissie salió de un largo y relajante baño y encontró una nota de Jaul sobre la mesilla.

Estás cordialmente invitada a pasar la noche con tu marido en el harem.

Una risita escapó de su garganta, seguida de un suspiro de alivio. Por suerte, se había recuperado de su enfado. De hecho, Jaul siempre había tenido un gran sentido del humor y aquello era una broma, por supuesto.

Pero, fuese una broma o no, con las mejillas ardiendo, empezó a abrir cajones para elegir el perfecto conjunto de ropa interior.

¿Una noche en el harem? ¿Qué significaba eso?

Daba igual, pensó, sonriendo. ¿No demostraba la nota que estaba equivocada? Había creído que Jaul empezaba a alejarse de ella, pero la nota dejaba claro que no era así.

Un guardaespaldas estaba esperando en la puerta para llevarla por interminables corredores antes de llegar a su destino: una enorme y fea puerta claveteada que parecía tener siglos de antigüedad.

El hombre dio un paso atrás después de abrir la puerta y Chrissie entró en el extraño santuario, preguntándose por qué intentaba disimular una sonrisa. Pero esa pregunta fue rápidamente respondida.

Había velas por todas partes, la suave luz iluminaba techos abovedados, elaboradas paredes de mosaico y fuentes de agua cantarina. Era un sitio precioso, increíble, y Chrissie tuvo que parpadear cuando Jaul apareció por detrás de una columna, a unos diez metros de ella. Llevaba una camisa blanca parcialmente desabrochada, la pálida tela acentuaba su piel bronceada y el pelo negro.

Durante un segundo sintió como si hubiera vuelto al pasado, porque aquel era el Jaul que recordaba de la universidad, sin la formidable reserva, sin la seriedad que había adquirido con los años.

–¿Dónde estamos? –preguntó.

–En el corazón del más oscuro secreto de la familia Al-Zahid –respondió él, burlón–. En el harem que ni siquiera yo sabía que existiera hasta esta misma tarde. Por supuesto, sabía que habría habido uno hace siglos, pero, teniendo en cuenta la sensibilidad de mi padre, pensé que habría desaparecido.

Chrissie miró la enorme cama.

–Parece una cama para hacer una orgía –comentó–. Aunque yo no sé nada de orgías, claro.

–Mira las paredes –dijo Jaul.

A la luz de las velas, Chrissie miró los murales, con hombres y mujeres desnudos en posturas sexuales, y se puso colorada.

–Vaya, qué sorpresa...

–Me asombra que mi padre no quemara este sitio, pero él idolatraba a mi abuelo –Jaul suspiró–. Cómo no le perdió el respeto cuando tuvo que enfrentarse a los licenciosos hábitos de Tarif es algo que no comprendo.

–Yo tampoco –susurró Chrissie.

Empezaba a entender por qué la había llevado al harem. Jaul había descubierto la verdad y, de inmediato, había actuado con la sinceridad por la que siempre lo había amado. Cuando se equivocaba no dudaba en reconocerlo y nunca buscaba excusas.

—He llamado a la hija de Sophie, Rose, para pedirle disculpas por haber tardado tanto tiempo en hablar con mi abuela.

—¿Has llamado a Rose? —exclamó ella, sorprendida.

—Había concubinas en palacio cuando Sophie estaba casada con Tarif —admitió Jaul—. Mi abuela no ha mentido, pero yo acabo de descubrir la verdad gracias a Yusuf.

—¿Él te lo ha contado?

—Yusuf conoce todos los secretos familiares y saber que mi abuelo fue tan cruel con Sophie ha sido solo una de varias y desagradables sorpresas.

Chrissie dio un instintivo paso adelante para poner una mano en su antebrazo, sintiendo los músculos tensos como cuerdas.

—Lo siento.

Jaul dio un paso atrás.

—¿Qué es lo que sientes, que yo haya sido un idiota por no darme cuenta de que mi padre haría y diría cualquier cosa para destruir nuestro matrimonio? —le preguntó, con tono amargo—. ¡Chrissie, le habría confiado mi vida! Era un hombre difícil y controlador, pero en muchos sentidos fue un padre excelente para mí.

—Y lo querías, claro que sí —asintió ella—. Yo quería a mi madre a pesar de todo. Los padres no tienen que ser perfectos para que un hijo los quiera, pero sigo sin entender por qué tu padre estaba tan en contra de su propia madre y de mí cuando sabía que era a tu abuelo a quien debía condenar.

—Mi padre eligió la salida más fácil porque no era capaz de admitir la bochornosa verdad. Culpando a las diferencias culturales podía seguir idolatrando a su padre y creer que tenía derecho a protegerme de influencias occidentales –los ojos de Jaul se ensombrecieron–. Aparentemente, temía que hubiese heredado la debilidad de Tarif por las mujeres. Por eso tuve que rebelarme, por eso quise estudiar en Gran Bretaña.

Chrissie escuchaba en silencio,

–¿Tuviste que rebelarte? Eso no me lo habías contado.

–Me sentía avergonzado. Había sido educado como un hijo decente y respetuoso que admiraba a sus mayores –Jaul hizo una pausa–. Pero después de la experiencia en la academia militar anhelaba tener libertad para tomar mis propias decisiones.

–Es natural –dijo ella, odiando nuevamente al tirano rey Lut–. Te respeto más por haber dado ese paso y no me sorprende que perdieses un poco la cabeza cuando llegaste a Oxford. Yo no sabía que tu vida hubiera estado tan controlada antes de ir allí.

Jaul estudió el hermoso rostro y los ojos de color turquesa llenos de compasión. Chrissie seguía intentando consolarlo cuando no merecía consuelo porque la había defraudado.

–Pero ese período de mi vida te costó muy caro.

A Chrissie se le llenaron los ojos de lágrimas, pero parpadeó para controlarlas mientras se sentaba en el pretil de una fuente.

–No podía resistirme para siempre... la atracción era demasiado poderosa.

–Yo nunca había deseado tanto a una mujer como te deseaba a ti –admitió Jaul con voz ronca, inclinándose para tomar dos copas de zumo de una bandeja–. Nunca he amado a ninguna otra mujer, solo a ti.

A Chrissie le temblaban las manos mientras aceptaba la copa. Nunca había amado a otra mujer. Eso tenía que ser bueno, pensó.

Jaul, agitado, se pasó las manos por el pelo.

–Te amaba, pero te defraudé. Estabas sola y embarazada y yo no estaba a tu lado. Acepté las mentiras de mi padre.

El corazón de Chrissie parecía desbocado.

–¿Por qué quieres hablar de ello esta noche?

–Yusuf, el antiguo consejero de mi padre, fue con él a Oxford y estaba deseando descargar su conciencia –respondió Jaul–. Me quedé atónito cuando describió lo que ocurrió ese día. Me avergüenza que mi padre tratase de ese modo a mi mujer y que yo no pudiese hacer nada para evitarlo.

Chrissie volvió a recordar el peor día de su vida. Enfrentada con el rey Lut, se había sentido sola, impotente y desolada por el rechazo de su suegro.

–Estabas en el hospital –le recordó–. No podías hacer nada.

–Yusuf me ha contado la verdad –dijo Jaul, con sus brillantes ojos torturados–. Una verdad que yo debería haber aceptado cuando tú me la contaste.

–Yo nunca te he mentido... bueno, solo una vez, pero te lo explicaré más tarde.

–Me tragué las mentiras de mi padre sobre ti y aprendí a desconfiar de todos mis recuerdos. Cuando fui a buscarte a Londres debería haberte escuchado, pero no lo hice.

–Naturalmente, tú confiabas en la palabra de tu padre.

–¿Por qué naturalmente? –repitió él, con tono desdeñoso, dejando su copa sobre la bandeja–. Tú eras mi mujer, mi vida, y debería haberte sido leal.

–Pero...

–¿Quieres dejar de poner excusas por mi fracaso? Te defraudé de la peor manera posible...

–Lo hizo tu padre, no tú. Él nos separó con sus mentiras, nos hizo daño a los dos –respondió Chrissie, temblando–. Tú estabas en coma y luego en rehabilitación, sin saber nada de mí. No estabas en condiciones de luchar por nosotros.

–Estoy intentando pedirte perdón, pero tú no me dejas –murmuró Jaul, con los ojos sospechosamente brillantes.

–No quiero que me pidas perdón. No quiero que te sientas culpable.

–No es sentimiento de culpabilidad, es vergüenza –dijo él–. Tú eras mi mujer y te defraudé... y no quiero perderte. No hay nada que no esté dispuesto a hacer para que sigas siendo mi esposa.

Chrissie se emocionó al verlo tan apasionado.

–Creo que lo entendí cuando me enseñaste ese contrato prematrimonial.

–Era una amenaza vana –le confesó Jaul–. Ese contrato no valía de nada en un tribunal británico. Además, lo firmaste sin contar con el consejo de un abogado y eras muy joven entonces. Cualquier juez te habría dado la razón.

–Debería haberlo pensado –murmuró Chrissie, sorprendida–. Pero tal vez no discutí porque no quería hacerlo. ¿No se te ha ocurrido pensar eso?

Jaul frunció el ceño.

–¿Por qué no?

Ella suspiró. No quería pronunciar palabras de amor, que serían tan efectivas como cadenas, atándolo a ella para siempre. Jaul sabía la verdad sobre su padre, de modo que su orgullo y su sentido de la justicia al fin habían sido reivindicados. Sabía lo que había sufrido y, sobre todo, que no había aceptado el dinero de su padre. Decidida a olvidar el pasado, Chrissie sonrió.

–¿Quién ha encendido tantas velas?

–Yo –respondió él–. Ninguna mujer de mi país puede entrar aquí, los murales las ofenderían.

Chrissie miró las velas, docenas de ellas, y tuvo que disimular una sonrisa.

–Los murales pueden ser chocantes, pero este sitio iluminado así es maravilloso.

Jaul apretó los labios. Nunca había sabido lo fuerte que era Chrissie hasta que descubrió lo que había tenido que soportar por culpa de su padre y apretó los puños, furioso consigo mismo por no haber podido protegerla.

–Debería haberme puesto en contacto contigo en cuanto tuve oportunidad –empezó a decir, su rostro se veía tenso a la luz de las velas–. Pero no podía volver a verte sabiendo que te había perdido... es duro admitirlo, pero eso era lo que sentía entonces. Verte otra vez, estar contigo cuando ya no eras mía me habría dolido demasiado.

–¿Sigue importándote tanto? –le preguntó ella.

Jaul la miró, incrédulo.

–Te quería, Chrissie. Te quería con todo mi corazón, pero había perdido la fe en ti mientras estaba en el hospital.

«Te quería con todo mi corazón». Le dolía tanto escuchar eso...

–Yo habría estado a tu lado...

–Lo sé y eso es lo que me mata –dijo él, con los anchos hombros tensos bajo la delgada camisa.

–No tiene sentido malgastar energías con el pasado, todo eso ha terminado –anunció Chrissie, levantando la barbilla–. Tenemos que seguir adelante...

–¿Cómo voy a seguir adelante cuando sé lo que te costaron las mentiras de mi padre? –exclamó Jaul, emocionado–. Una vez fuiste mía, total, completamente mía, y es mi sueño que algún día vuelvas a serlo. Intento ser sensato, pero cada vez que pienso en... no, es mejor no decirlo. No tengo derecho.

Chrissie hizo una mueca.

–¿De qué estás hablando?

–Es mejor no tocar ese tema. Lo que ha pasado está ahí, pero no dejaremos que arruine lo que hay entre nosotros –anunció Jaul.

De repente, Chrissie entendió a qué se refería.

–¿Estás hablando de los hombres que ha habido en mi vida?

–No es algo de lo que quiera hablar –dijo él–. Creías ser soltera y naturalmente...

–No me he acostado con ningún otro hombre –lo interrumpió ella–. Esa era la mentira de la que hablaba. No ha habido ningún otro hombre, solo tú. No sé cómo crees que podría haber encontrado tiempo estando embarazada y con dos niños recién nacidos.

Jaul la estudió, en silencio.

–¿Era mentira? ¿Me has mentido sobre algo tan importante?

Chrissie hizo una mueca.

–Es la única mentira que te he contado. Pensé que tú...

Jaul la sujetó por las muñecas.

–Ni concubinas, ni novias, ni encuentros de una noche. Nada, cero.

Ella abrió mucho los ojos, sorprendida.

–Pero ¿por qué?

–Cuando por fin dejé la silla de ruedas decidí que

las relaciones sentimentales no eran lo mío. Pensaba casarme con la mujer adecuada.

Chrissie dejó escapar un suspiro. Era un alivio que no hubiese habido otras mujeres en su vida, pero quería saber con quién había planeado casarse.

–¿Y a quién elegiste para reemplazarme?

Un oscuro rubor ensombreció los altos pómulos masculinos.

–No había elegido a nadie, pero sabía que mi gente esperaba que me casara pronto –Jaul le levantó la barbilla con un dedo–. En realidad, jamás me ha interesado ninguna otra mujer. No te merezco, pero mi corazón siempre ha sido tuyo, desde el primer al último momento. Se me rompió el corazón al creer que te había perdido y temía sentir por otra mujer lo que había sentido por ti.

Chrissie tomó su cara entre las manos con dedos tiernos, la emoción brillaba en sus ojos.

–Y yo me temo que siempre voy a amarte –musitó–. Cuando volviste pensé que te odiaba, pero tampoco yo había superado el haberte perdido.

–Chrissie...

–Calla –dijo ella, con ternura–. Nadie puede compararse contigo, nadie puede hacerme sentir lo que siento por ti.

–Te quiero con todo mi corazón, *habibti* –Jaul besó sus dedos, las oscuras pestañas velaban el brillo de felicidad de sus ojos–. Cuando te amenacé con el contrato prematrimonial entendí que te amaba porque jamás había hecho algo tan deshonesto en toda mi vida. Y no me avergonzaba de hacerlo. No había nada que no estuviese dispuesto a hacer para tener una segunda oportunidad contigo y con los niños.

Chrissie le echó los brazos al cuello.

–Que seas inflexible para conseguir tu objetivo es aceptable en ese caso.

La tensión se evaporó mientras la apretaba contra su corazón.

–Pero ¿quién puede decir qué objetivo es bueno y cuál no? –murmuró Jaul, tirando de la cremallera del vestido. Cuando cayó a sus pies, descubriendo el conjunto de ropa interior de encaje, la tomó en brazos para llevarla a la enorme cama, depositándola sobre las sábanas de lino blanco–. Mi único objetivo es que seas mi mujer y la madre de mis hijos para siempre y hacerte tan feliz que olvides la idea del divorcio.

Chrissie tiró del cuello de su camisa.

–A mí me parece una motivación extraordinaria –susurró, con los ojos brillantes mientras le quitaba la camisa con ansiosos dedos–. Sobre todo porque has estado tan distante esta semana... y eso no me ha hecho nada feliz.

Jaul la miró, atribulado.

–Te deseaba tanto, pero una vez que recibí la nota de Yusuf...

–¿Qué nota?

Jaul le explicó lo que había pasado.

–En ese momento supe que me había equivocado del todo contigo y que no podía dar nada por sentado.

–Pensé que habías perdido el interés.

–¡Lo dirás en broma! –exclamó Jaul, colocándose sobre ella, tenso de pasión–. Siempre te he deseado, pero sabía que no te merecía.

Chrissie pasó una mano por el varonil muslo.

–El amor hace que la gente perdone y yo te quiero muchísimo.

Jaul la besó, ardiente, poderoso y salvajemente excitante, acelerando su pulso y su corazón.

–Y yo te quiero a ti –le confesó Jaul, con una sonrisa de pura felicidad–. Te quiero más de lo que jamás pensé que podría amar a alguien y siempre será así.

Tres años después de esa romántica reconciliación en el antiguo harem, Chrissie observaba a los niños discutir por un cochecito de plástico en el patio del palacio. A los cuatro años, Tarif y Soraya eran alegres y revoltosos, pero había que ser firme con ellos o se te subían a las barbas.

Por eso, los amenazó con quitarles el cochecito si no eran capaces de compartirlo, observando con una sonrisa en los labios mientras los niños negociaban ese compromiso.

Lizzie llamó mientras saboreaba un té a la menta con pastelitos, acariciando distraídamente el bulto apenas visible de su abdomen, agradecida por que las náuseas matinales hubieran desaparecido. El segundo embarazo estaba siendo mucho más fácil que el primero, seguramente porque estaba tranquila y feliz.

Chrissie charló durante largo rato con su hermana mayor, que llegaría a Marwan con su familia y su padre a finales de la semana. Solía ir de visita a menudo y la distancia entre Londres y Marwan no las había separado, sino todo lo contrario.

Cuando la niñera se llevó a los niños para cenar, Chrissie fue a los establos a visitar a Hero. Dos años antes, su viejo caballo había sido instalado en el mejor cajón del establo real. Había sido un regalo precioso y le había emocionado que Jaul, tan ocupado como estaba, se hubiera molestado en garantizar que Hero viviese el resto de sus días con ella en Marwan.

Desde el primer año, Chrissie se había involucrado

en el desarrollo de un programa de educación primaria y el tiempo había pasado a toda velocidad. La gente de Marwan era amable y cariñosa con ella y, aunque en ocasiones acudía a eventos sociales con diplomáticos, altos dignatarios y hombres de negocios, en general era simplemente la esposa de Jaul. La vida familiar y el tiempo que pasaban con los niños eran inmensamente importantes para los dos.

Después de visitar a Hero, se dirigió a su habitación para ducharse y cambiarse de ropa. Cada año conmemoraban la fecha en la que por fin volvieron a encontrarse y pasaban la noche en el harem, donde habían redescubierto su amor; una forma maravillosa de recordar cómo había empezado todo y mantener vivas las promesas que habían intercambiado.

Estaba anocheciendo cuando Jaul empezó a encender las velas en el antiguo harem de palacio, donde los murales habían sido cubiertos por discretas cortinas para que ningún empleado pudiera sentirse ofendido por las escenas de amor carnal.

Quería pensar que el amor había formado parte de alguna de las relaciones que tuvieron lugar en el harem, pero no entendía por qué su abuelo Tarif había elegido las relaciones físicas en lugar de la más profunda y duradera relación de amor que podría haber tenido con su mujer.

Jaul frunció el ceño al pensar en su abuela, lamentando haber pasado tan poco tiempo con ella. Lady Sophie había muerto plácidamente mientras dormía el año anterior, pero antes de eso Jaul había hecho frecuentes visitas a Londres, intentando compensar el tiempo perdido por culpa de su obstinado padre.

Unos segundos después, oyó un golpecito en la puerta, seguido de varios golpes enérgicos y sonrió ante la impaciencia de su esposa.

—Aún no he terminado de encender todas las velas —le advirtió.

—Estoy aquí para ayudar —dijo ella, mirando sus ojos dorados.

—No, tú estás embarazada. No puedes hacer nada más que sentarte y levantar las piernas —Jaul la llevó a un sillón y colocó sus pies sobre una otomana.

—¿Nada? —bromeó Chrissie mientras se quitaba los zapatos.

—Conserva tu energía para lo que es realmente importante —Jaul le guiñó un ojo, mirando traviesamente la cama mientras se ponía de rodillas frente a ella para poner un anillo de platino adornado con un brillante zafiro en su dedo—. Gracias por otro maravilloso año.

Ella miró el regalo, consternada.

—Habíamos dicho que no ibas a comprarme más joyas.

—Yo no dije nada, sencillamente preferí callar antes que discutir.

—A veces puedes ser muy engañoso —Chrissie levantó una mano para apartarle un mechón de pelo de la frente.

—Y a ti te encanta —dijo Jaul, pasando los dedos por el suavemente abultado abdomen—. Tú nunca ocultas nada, pero yo sí... salvo cuando estoy contigo. Te quiero, *habibti*.

—Lo sé —Chrissie se incorporó para abrazarlo y buscar su boca con un ansia que ninguno de los dos intentaba ocultar jamás.

—Estoy tan contento por el bebé... Me perdí un año

de la vida de los mellizos, pero ahora cada minuto será un tesoro.

–Seguro que me abochornarás el día del parto desmayándote o algo así –bromeó ella, admirando el hermoso rostro en penumbra.

Pero no fue así. Jaul estaba totalmente consciente durante el nacimiento de su segundo hijo, el príncipe Hafiz, un niño sano de tres kilos y medio con los asombrosos ojos azules de su madre.

En la primera fotografía oficial, con Hafiz en los brazos de Chrissie, Jaul a su lado y Tarif y Soraya sentados a sus pies, la familia real de Marwan irradiaba felicidad.

Bianca.

No podía resistirse al atractivo de su inocencia...

Nick Coleman era uno de
los millonarios más codicia-
dos de Sídney, pero su
lema era amarlas y luego
abandonarlas. Con Sarah
todo era diferente porque
había prometido cuidar de
ella y protegerla. Sin embargo, la deseaba con to-
das sus fuerzas...

Sarah pronto recibiría una
importante herencia y en-
tonces se convertiría en el
blanco de todo tipo de
hombres que tratarían de
seducir a una joven rica e
inocente. Quizá Nick debie-
ra enseñarle lo peligroso y
seductor que podía ser un
hombre...

Enamorada de su tutor

Miranda Lee

EL REGRESO DE ALEX

CHARLENE SANDS

Tras recuperarse de la amnesia, Alex del Toro tenía una nueva misión: descubrir a su secuestrador y recuperar el amor de su prometida. A pesar de haber ido a Royal, Texas, con una identidad falsa, sus sentimientos por Cara Windsor, la hija de su rival, eran completamente sinceros.

El instinto aconsejaba a Cara que se mantuviese alejada del hombre que le había mentido y que había intentado hacerse con la empresa de su familia, pero ella también tenía un secreto: estaba embarazada de él.

El amor era imposible de olvidar

Bianca

Acabaría siendo ella la que caminase hacia el altar… y hacia él

Sebastian Rey-Defoe se había resignado a un matrimonio de conveniencia… hasta que una pelirroja interrumpió la ceremonia y lo puso en evidencia delante de todos. Lo peor era que Sebastian la conocía y sabía de qué se estaba vengando.

Mari Jones estaba decidida a herir a Sebastian en su orgullo y hacerle pagar por sus pecados, pero no había contado con la chispa que prendió en cuanto volvió a encontrarse con el arrogante magnate.

Tampoco se imaginaba las consecuencias de su plan…

Una novia diferente

Kim Lawrence